Chère Lectrice,

Le coup de foudre, l'irrésistible séduction, ce sont des choses qui existent.
Vous découvrirez en lisant ce volume de la Série Désir l'émoi délicieux d'une passion vécue à deux.
Vous adorerez sa troublante sensualité.
Duo connaît bien l'amour. Avec la Série Désir, vous vivrez l'inoubliable.

Désir, la série haute passion,
quatre romans par mois.

VOUS NOUS ÉCRIVEZ...

Je viens de lire « Secrets de star », dans la série Désir, et je voudrais vous dire que j'ai trouvé cette histoire merveilleuse. Elle m'a fait rêver, sourire, et, avec l'héroïne Gypsy j'ai eu envie de pleurer à certains moments. De tout mon cœur, j'ai vécu cette aventure, et j'attends avec impatience chaque nouveau Duo !

Valéria S. Menton

Série Désir

NORA POWERS

Bal masqué

Duo

Les livres que votre cœur attend

Titre original : *A Different Reality* (196)
© 1985, Nora Powers
Originally published by Silhouette Books,
division of Harlequin Enterprises Ltd,
Toronto, Canada

Traduction française de : Daniel Bismuth
© 1986, Éditions J'ai Lu
27, rue Cassette, 75006 Paris

1

Dans un mouvement d'impatience, Carol Sinclair rejeta brusquement la tête en arrière, faisant voleter une masse de cheveux auburn sur ses épaules. Elle avait toujours détesté les entretiens téléphoniques mais, cette fois-ci, son interlocuteur dépassait les bornes !

Depuis une demi-heure, ce M. Holden ne cessait de l'assaillir de questions avec une désinvolture qui l'irritait. A bout de nerfs, Carol résolut de mettre fin coûte que coûte à cette conversation interminable.

— Parfaitement, monsieur Holden ! dit-elle. Tous les aspects du problème ont été pris en considération, et je vous promets que vous serez pleinement satisfait de nos services. Mais oui ! Comme l'année dernière, bien entendu !

Ignorant l'agacement qui perçait sous le ton de la jeune femme, Ray Holden continuait de pérorer. Devant une telle obstination, Carol comprit qu'il valait mieux user d'un subterfuge qui avait déjà fait ses preuves ; elle éloigna le combiné de ses lèvres et déclara d'une voix neutre :

— Betty, voulez-vous faire entrer cette dame, s'il vous plaît ? Je suis désolée, monsieur Holden, reprit-elle à l'intention de son interlocuteur, mais il m'est impossible de poursuivre plus longtemps notre discussion. J'ai un rendez-vous important. Entendu. Au revoir, monsieur !

Elle raccrocha avec un geste empreint de lassitude et émit un soupir de découragement.

Ce premier contact avec Ray Holden ne laissait rien présager de bon. Organisateur du congrès annuel des écrivains de science-fiction, l'homme se montrait pointilleux et déplaisant.

Cette manifestation se tenait, comme chaque printemps, à Memphis, à l'hôtel Merryweather. Directrice depuis trois mois seulement, Carol n'était guère familiarisée avec les inévitables problèmes que pose ce genre de réunion.

Un court instant, la jeune femme se demanda si elle avait eu raison d'accepter ce poste. Malgré la fierté qu'elle ressentait devant ses nouvelles fonctions, elle savait qu'elle allait au-devant de difficultés. Ce congrès ne serait sûrement pas une sinécure !

Elle contempla alors d'un œil satisfait le petit bureau parfaitement ordonné où, depuis une semaine à présent, elle avait emménagé. Bien qu'un peu exiguë, la pièce donnait une impression de calme et de sécurité encore accentuée par le soin qu'elle avait apporté à la décoration ; sur le bureau noir, un vase garni de violettes jetait une note de gaieté sans laquelle l'ensemble serait apparu trop strict. Dès son arrivée, Carol avait tenu à faire repeindre la pièce d'un rose tendre. Lorsque, à travers la large baie vitrée, les rayons du soleil couchant frappaient les murs, tout le bureau se trouvait illuminé, si bien que la jeune femme avait plaisir à y demeurer.

Encore irritée par cet appel intempestif, Carol se leva et marcha lentement jusqu'à la fenêtre afin de contempler le paysage. Avec le printemps, la campagne, aux environs de Memphis, doit être particulièrement agréable, songea-t-elle en laissant courir ses doigts sur la vitre. Jusqu'à présent elle n'avait guère eu le loisir de s'y promener, tant son emploi du temps avait été chargé. Aujourd'hui non plus, elle ne pourrait guère musarder...

Avec un soupir de résignation, elle arrangea sa chevelure, lissa sa jupe grise, puis revint à son bureau, fermement décidée à ne plus laisser son esprit vagabonder ainsi. Négligeant les dossiers empilés au coin du bureau, le regard absent de la jeune femme se posa sur un presse-papiers. Cet objet, véritable pièce de collection, lui avait coûté une fortune et, s'il l'avait séduite par la pureté de ses lignes et les matériaux précieux — l'ambre et le marbre — dans lequel il était taillé, son achat n'en constituait pas moins une folie. Comme chaque fois qu'elle le contemplait, elle revenait invariablement à son passé...

Lorsqu'elle avait fait cette acquisition, son mari l'avait félicitée en riant ; quoi qu'il arrive, d'ailleurs, Andy riait toujours, comme si rien ne l'atteignait vraiment. Emue jusqu'au tréfonds, la jeune femme le revit comme s'il se tenait devant elle, avec ses yeux pleins de malice. Il n'avait rien de plus pressé que de prendre du bon temps et traversait la vie avec insouciance. Il en était allé, hélas ! de son mariage comme de son existence. Il avait pris l'un comme l'autre à la légère, et Carol en avait fait les frais.

La jeune femme tenta vainement de se remettre à son travail, mais l'image de son bonheur évanoui continua de la hanter. Au début de leur union, Andy avait été un merveilleux compagnon. Ils sortaient tous les soirs et s'amusaient bien souvent jusqu'au petit matin. Cependant, cette époque était à jamais révolue, et les ponts irrémédiablement coupés entre eux.

Lorsqu'elle l'avait rencontré, Andy l'avait fascinée au plus haut point. Jusque-là, Carol avait été une jeune fille réservée que ses parents, tous deux professeurs de physique et de chimie dans le même lycée, avaient élevée dans un univers d'où toute fantaisie était exclue. Andy lui avait fait découvrir un monde nouveau et l'avait entraînée dans le sillage d'une existence qu'il voulait brillante et fantasque. Même à présent, elle ne regrettait rien de cette période fabuleuse durant laquelle ses parents n'avaient cessé de la mettre en garde. Mais que pouvaient-ils devant une jeune fille amoureuse qui s'ouvrait aux joies nouvelles de la vie ?

En effet, cela avait été peine perdue ; dès qu'elle avait atteint sa majorité, Carol s'était empressée de quitter sa famille pour épouser l'élu de son cœur, certaine que son bonheur serait éternel et démentirait les sombres prévisions qu'on lui laissait entrevoir. Elle avait mis une année à apprécier son erreur et à comprendre que toutes ses forces ne suffiraient pas à neutraliser l'influence néfaste de son mari.

Avec son insouciance coutumière, Andy vivait au fil des jours tandis que les dettes s'accumulaient. Il papillonnait d'emploi en emploi avec une rare désinvolture, sans en retirer le moindre profit, et bientôt la situation était devenue proprement catastrophique ; Carol se souvenait avec un pincement au cœur de ses nombreuses nuits solitaires passées sous un amas de couvertures pour la simple raison qu'Andy avait négligé de payer la note d'électricité. Au début de leur vie commune, il avait insisté pour que son épouse ne travaillât pas mais, lorsqu'on les avait menacés d'expulsion, il s'était rangé à son avis.

Après quelques démarches, la jeune femme avait été embauchée comme secrétaire dans un hôtel, au

8

grand soulagement de son mari ; elle était parvenue ainsi à rembourser quelques-unes de leurs dettes. Cependant, elle s'était vite aperçue qu'il ne changeait pas pour autant d'attitude ; Andy attendait invariablement le dernier moment pour régler les factures en souffrance. Lorsqu'il n'était plus en mesure de le faire, il décidait purement et simplement de déménager. Aussi Carol s'était-elle vue obligée de changer de ville tous les trimestres, dans le seul but de mettre une distance raisonnable entre eux et leurs créanciers.

Bien que connaissant la réponse, elle se demanda soudain pourquoi elle était restée si longtemps avec son époux. En réalité, malgré ses défauts, Andy était le seul être qui ait jamais compté dans sa vie. Ses parents, qu'elle jugeait froids et hostiles, s'étaient ostensiblement désintéressés de son sort. Poussée par un sentiment de dignité, la jeune femme s'était interdit de recourir à leur aide, si bien qu'elle s'était trouvée totalement isolée, impression encore accentuée par ces perpétuels changements de résidence.

Peu à peu, grâce à son acharnement et à sa conscience professionnelle, Carol avait gravi les échelons jusqu'à devenir directrice adjointe ; du moins, si le bonheur lui demeurait inaccessible, la jeune femme avait trouvé là un motif de satisfaction non négligeable, en regard de la situation passée !

Un soir, au retour du bureau, elle avait surpris son mari en train d'emballer toutes leurs affaires en vue d'un nouveau déménagement à la sauvette ; souriant, il lui avait alors demandé de quitter son emploi pour partir ailleurs, là où leurs chances de réussite seraient plus nombreuses. Dans un sursaut, la jeune femme avait refusé tout net, sachant fort bien qu'elle sacrifiait du même coup sa vie conjugale. Comme prévu, Andy était parti dès le lendemain, lui laissant un mot qui lui enjoignait de s'occuper de la procédure de divorce.

Etrangement, Carol n'avait pas souffert de cette séparation ; elle ne voyait que les aspects positifs apportés par ce brusque changement ; désormais, elle n'aurait plus à se tourmenter au sujet des factures impayées. De fait tous ces problèmes sordides disparaissaient de sa vie quotidienne.

A la même période, son supérieur hiérarchique lui avait proposé de prendre la direction d'un hôtel de Memphis appartenant à la même chaîne que celui qui l'employait déjà. La jeune femme avait saisi au vol cette opportunité ; pour rien au monde, elle n'aurait voulu manquer cette occasion inespérée de prendre un nouveau départ dans la vie !

Après son divorce, ses parents s'étaient quelque peu manifestés, mais Carol avait froidement accueilli ces approches, incapable d'oublier leur hostilité passée. Même avec le recul, la jeune femme ne se sentait pas de taille à affronter les commentaires ironiques qu'ils ne manqueraient pas de lui prodiguer à la première occasion.

A ce point de ses réflexions, Carol choisit un dossier sur la pile des documents qui jonchaient son bureau et commença à rédiger l'ébauche d'un projet concernant la prochaine saison estivale. Elle entendit alors quelqu'un frapper.

— Entrez ! dit-elle tandis qu'une jolie blonde aux cheveux bouclés apparaissait dans l'entrebâillement.

— Je ne vous dérange pas, madame Sinclair ?

— Bien sûr que non, Betty ! Qu'y a-t-il ?

Après avoir refermé la porte, Betty se dirigea vivement vers le bureau. Malgré son uniforme strict, la jeune secrétaire portait sur son visage toute la vitalité et l'insouciance de ses vingt ans.

— Je voulais vous dire que tout est prêt pour le congrès, à moins que monsieur Holden ne vous ait communiqué des changements de dernière minute.

— Ne parlez pas de malheur, Betty ! s'exclama la

jeune femme. Il appelait simplement pour confirmer des points de détail. En tout cas, j'espère que les autres participants ne sont pas comme lui ! Quel raseur !

— Rassurez-vous, madame Sinclair, répondit Betty en souriant. La plupart d'entre eux sont des personnes tout à fait charmantes.

— Asseyez-vous une minute, Betty, proposa la jeune femme en désignant une chaise. J'aimerais que vous me parliez de ce fameux congrès plus en détail. Je ne vous cache pas que j'appréhende un peu le prochain week-end.

Betty prit place et croisa ses jambes en un geste gracieux.

— Je serai ravie de vous renseigner ! Voyez-vous, je n'étais employée qu'à mi-temps, l'année dernière, mais cela ne m'a pas empêchée d'observer ce qui se passait. En vérité, les congrès de science-fiction sont très différents des autres, surtout quand ils ont lieu dans notre bonne ville de Memphis ; il faut croire que ces gentlemen sont grisés par les sauvages étendues du Tennessee !

La jeune femme souriait en écoutant Betty ; parfois, celle-ci se conduisait comme une enfant de huit ans, à en juger par son babillage effréné mais, aux yeux de Carol, ce léger défaut était compensé par une bonne volonté à toute épreuve.

— Je suis tout ouïe ; continuez.

— La plupart m'ont paru fort originaux. Ils ont des idées avancées et parlent de mondes étranges, d'univers parallèles au nôtre, d'extraterrestres... En fait, ils sont très amusants !

Carol n'avait jamais envisagé les choses sous cet aspect, au contraire ; en général, les participants avaient plutôt tendance à s'enivrer et à se conduire de manière débridée, dérangeant ainsi du même coup les clients ordinaires de l'hôtel qui tenaient avant tout à leur tranquillité.

— Pourriez-vous me les décrire plus précisément ?

— Oh ! C'est une faune très variée, constituée de professeurs, d'étudiants, de libraires, d'écrivains et d'artistes. Quant aux amateurs, je n'en parle pas !

— Betty ! Une chose me préoccupe particulièrement : sont-ils bruyants ?

— Pas vraiment. Je me rappelle seulement qu'il y a eu quelques plaintes à propos des costumes.

— Que voulez-vous dire ? demanda Carol qui sentait poindre une affreuse migraine.

— Eh bien ! Certains participants se déguisent pour la convention. Ils revêtent les habits de leurs héros préférés. C'est très cocasse !

— Je n'en doute pas, répondit la jeune femme en se massant les tempes. Je me demande à quoi peut bien ressembler Ray Holden ; à E.T., peut-être ? ajouta-t-elle non sans un certain fatalisme.

— Ce ne serait pas étonnant. On voit de tout, croyez-moi ! L'année dernière, l'un des invités s'était déguisé en Conan le Barbare. Il portait une barbe et une queue de cheval ! Bien sûr, Conan n'a jamais eu de barbe ! s'exclama Betty sans remarquer l'expression médusée de la jeune femme, pétrifiée derrière son bureau. Je n'ai pas manqué de lui en faire la réflexion, mais il m'a ri au nez. Oh ! Je m'en souviens comme si c'était hier ! Il avait un foulard rouge sur le front, une peau de panthère autour des reins et un serpent en guise de ceinture ! C'était un faux, évidemment !

— Vous voulez dire qu'il ne portait rien d'autre ? demanda Carol d'un air horrifié.

Betty s'esclaffa.

— Rassurez-vous ! Sa tenue était correcte. N'empêche qu'il a semé la panique dans tout l'hôtel. Le bruit courait qu'il était prêt à tout piétiner ! Ma collègue Alice a failli s'évanouir quand il est sorti de l'ascenseur pour se rendre au grill en proclamant :

12

« Même Conan doit se restaurer de temps à autre ! »
Quel gag !

Carol se souvenait vaguement de ce personnage issu d'une civilisation qui succéda à celle de l'Atlantide. On le décrivait comme un brigand. Cheveux noirs, œil sombre, épée au poing, il tuait à lui seul plus d'ennemis que tous ses hommes réunis.

Devant le visage défait de la jeune femme, Betty ajouta :

— Cette année, je crois que les employés de l'hôtel savent à quoi s'en tenir ; tout ira bien, madame Sinclair ! Oh ! Il y avait aussi une femme superbe, ajouta-t-elle, exaltée. Elle avait une robe comme on en portait au Moyen Age, très longue, avec des manches descendant jusqu'au sol. Je me rappelle très bien son chapeau. Une vraie fée ! Elle faisait partie du C.D.A.

— Pardon ? demanda Carol, accablée par ce flot d'informations.

— Je crois qu'il s'agit du Comité pour la défense de l'anachronisme. En tout cas, les membres de ce groupe sont toujours habillés comme au dizième siècle et leur devise est : « Cordes et arcs ! »

— Vous voulez dire : corps et âme, rectifia la jeune femme, découragée devant l'enthousiasme de sa secrétaire.

— Peut-être, en effet. De toute façon, vous verrez par vous-même dès samedi ; je crois qu'ils vont organiser des combats sur la pelouse.

— Eh bien ! c'est complet.

Carol étouffa un soupir.

— Faites-moi penser, dit-elle, à afficher le numéro de téléphone des ambulances, dans le hall.

— Oh ! J'espère que personne n'en aura besoin, mais j'y veillerai, répondit Betty embarrassée.

La jeune fille ne partageait pas l'émotion de Carol. Celle-ci n'était pas encore familiarisée avec les fantaisies de ses clients. Dernièrement, elle avait vu une femme élégante entrer dans le restaurant de l'hôtel avec un doberman. Carol s'était précipitée pour la rappeler à l'ordre ; seule la présence d'esprit de Betty l'avait empêchée de commettre un terrible impair. En effet, la dame en question n'était autre que la sœur du propriétaire de la chaîne Merryweather, et, à ce titre, elle pouvait se permettre les moindres caprices ! Malgré son indignation, Carol avait dû en convenir.

— Ah ! J'ai oublié une chose, reprit la jeune fille après un bref moment d'hésitation. Pour la soirée de clôture, les participants jouent à ce qu'ils appellent le jeu de l'assassin. Tout le monde se réunit dans une salle. Chacun choisit en secret sa victime. Au signal donné, quelqu'un crie : « Sauve qui peut ! » Aussitôt, les adversaires se défient en combat singulier, les uns portant leurs coups avec une épée en caoutchouc, les autres se défendant avec des pistolets à eau remplis de parfum.

Une extrême stupéfaction se peignit sur le visage de Carol.

— Je me demande comment M. Simpson a pu se prêter à une telle mascarade !

M. Simpson, son prédécesseur, jouissait pourtant d'une réputation de sévérité qui ne s'était jamais démentie !

— Je sais que cela semble incroyable, mais il ne s'y est pas opposé ; en fait, il a même participé activement au bal ! Je crois qu'il s'était déguisé en corsaire, avec un bandeau noir sur l'œil et une authentique épée qu'il tenait de son grand-père, m'a-t-il dit ; en tout cas, il était lui aussi terrifiant, conclut la jeune fille.

— Mais ces pistolets...

— Oh ! C'était terrible ! Pendant les deux semaines suivantes, tous les ascenseurs ont été impraticables ; les clients préféraient emprunter l'escalier.

— Je vous crois aisément, répondit Carol, fata-

14

liste. Au fait, M. Holden était-il présent, l'an dernier ?

— Ray Holden ? Non, je ne crois pas. Sa voix m'a paru plutôt antipathique, au téléphone ; j'ai bien peur qu'il ne s'imagine être un irrésistible séducteur. Si j'étais vous, je me méfierais de lui ; cet homme ne me dit rien qui vaille !

Malgré sa migraine, Carol sourit en observant l'indignation qui était apparue sur le visage de Betty ; après tout, il était réconfortant de voir qu'elle n'était pas la seule à éprouver de l'aversion pour Ray Holden !

— Je vous comprends, Betty, mais souvenez-vous de la règle d'or de l'hôtellerie : le client est roi. M. Holden fait malheureusement partie de cette catégorie. Aussi, même si ce n'est pas facile, il faudra vous montrer aimable avec lui.

— Soyez tranquille, madame Sinclair, je ferai tout mon possible ; cependant, je ne peux m'empêcher de penser que ce genre d'individu mérite de temps à autre une bonne leçon ! Croyez-moi, il ne faut jamais laisser de tels malotrus vous manquer de respect ; en tout cas, vous pouvez compter sur mon aide, déclara la jeune fille en se levant.

— Je vous remercie, Betty. En attendant, il est presque cinq heures. Sauvez-vous !

— Si je peux me rendre utile...

La jeune fille jeta un regard significatif vers les dossiers empilés sur le bureau.

— Vous êtes gentille, mais je n'en ai plus pour longtemps. Rentrez donc chez vous et ne pensez pas à faire des heures supplémentaires. A chaque jour suffit sa peine.

— Bien, madame, mais vous-même avez droit au repos. Vous partez toujours la dernière !

— Ne vous en faites pas, je n'ai pas l'intention de me surmener. J'ai simplement quelques points à revoir. A plus tard, Betty !

— A demain, madame. Passez une bonne soirée, conclut la jeune fille sans cacher sa contrariété.

Une fois seule, Carol saisit le premier document qui se présentait, mais elle se perdit bientôt dans une rêverie mélancolique. Bien qu'elle n'ait aucune raison de s'attarder au bureau, la jeune femme préférait rester dans son fauteuil pour méditer. La perspective de réintégrer l'appartement qu'elle occupait dans l'hôtel — une suite de trois pièces — n'offrait rien de particulièrement attrayant. Ici, au moins, les multiples tâches administratives l'aidaient à dissiper les sombres pensées qui l'assaillaient parfois.

Comme d'habitude, sa rêverie la ramena au souvenir obsédant de ses années de mariage. Bien que le sort de Andy ne la concernât plus, elle se demandait souvent ce qu'il était advenu de lui. Andy ne pouvait vivre seul, il avait probablement retrouvé une compagne. Il était si bon vivant ! D'ailleurs il ne s'en était pas caché. Lorsque la jeune femme lui avait annoncé qu'elle voulait le quitter, Andy avait haussé les épaules, comme s'il voulait signifier par ce mouvement désinvolte qu'elle n'était pas irremplaçable. De toute évidence, le respect dû à autrui était une chose totalement étrangère à son univers, dont il ne soupçonnait peut-être même pas l'existence.

En frissonnant, Carol se souvint de ce glacial après-midi de novembre lorsque, après une journée de travail harassante, elle avait regagné son foyer avec un début de fièvre, ne songeant qu'à se mettre au lit ; c'est alors qu'elle avait vu toutes ses affaires rangées dans des caisses prêtes à partir Dieu sait où. Occupé à vider une penderie, Andy avait à peine tourné la tête vers son épouse ; il lui avait simplement annoncé leur départ pour le soir même, à Minneapolis. Stupéfaite devant tant d'égoïsme, la jeune femme en avait laissé tomber son sac par terre.

Dès cet instant, elle avait compris que son mariage était un échec et que le divorce ne serait plus qu'une désagréable formalité. Carol lui avait clairement exprimé sa décision, sans même réagir lorsqu'il lui avait dit de manière cavalière :

— Mais tu sais bien que j'ai besoin de changer d'air tous les six mois, ma chérie !

Comme d'habitude, il n'en avait fait qu'à sa tête. Cette fois-ci pourtant, la jeune femme lui avait expliqué qu'il était hors de question qu'elle le suivît. Elle avait néanmoins espéré qu'il changerait d'avis, mais il n'en avait rien été. Carol était désormais seule dans l'existence.

Heureusement cette triste période était révolue. A présent, Carol était libre de rentrer chez elle à n'importe quelle heure du jour et de la nuit. La suite qu'elle occupait à l'hôtel n'était, bien sûr, pas très accueillante, comme tous les logements de fonction, mais elle avait réussi à lui donner une note personnelle et, finalement, elle s'y plaisait. Lorsqu'elle serait plus fortunée, elle louerait un appartement ailleurs. Pour l'instant, elle ignorait les fins de mois difficiles, ce qui était un luxe si elle se reportait à sa vie passée avec Andy !

A six heures, elle entreprit de préparer ses dossiers pour le lendemain puis, avec une légère sensation de mélancolie, elle quitta son bureau en songeant au programme de télévision.

2

Le lendemain, après un rapide déjeuner, Carol entreprit de vérifier l'ordonnancement des lieux ; selon ses ordres, les employés avaient divisé l'espace alloué au congrès en cinq endroits bien distincts. La jeune femme constata avec satisfaction que toutes les salles communiquaient entre elles. La grande rotonde, qui servait de librairie, offrait aux visiteurs une vaste collection d'ouvrages de science-fiction ; elle traversa ensuite une galerie d'art où étaient exposées des gravures originales, puis la salle de projection destinée aux courts métrages. Connaissant la réputation faite aux journalistes et autres gens de lettres, elle sourcilla quand elle vit que la salle de conférences proprement dite jouxtait le bar ; du moins, Ray Holden serait-il satisfait de constater que la direction de l'hôtel avait fait de son mieux pour mettre les invités à l'aise !

Par acquit de conscience, Carol revint à la rotonde pour jeter un dernier coup d'œil, avant l'inauguration ; les longues tables étaient couvertes de brochures et de calendriers portant des titres tels que

Attack, Spider Zone, ou *Le Vaisseau des Ténèbres ;* les murs eux-mêmes étaient constellés d'affiches qui représentaient des dragons terrifiants et des vampires au sourire avide. L'ensemble formait comme une enclave fantastique au cœur de l'hôtel. Nullement impressionnée, Carol pensa avec appréhension qu'elle devrait maintenir tant bien que mal un semblant d'harmonie entre ces artistes et les clients ordinaires !

De temps à autre, elle jetait un regard furtif autour d'elle, s'attendant inconsciemment à voir surgir la silhouette du jeune barbare qui avait tant frappé l'imagination de Betty, l'an dernier ; par chance, elle ne l'aperçut pas. Peut-être a-t-il changé de costume, cette année, songea-t-elle, sans grand espoir... l'expérience prouvant que, dans l'hôtellerie, il fallait toujours envisager le pire, et particulièrement pendant les congrès.

En ceci, sa vie professionnelle était en tous points comparable à son existence mais, comme ses parents le lui avaient sans cesse répété durant son adolescence, à ne rien attendre de l'avenir, on finit toujours par être comblé.

A présent, Carol ne demandait d'ailleurs à l'existence qu'une sécurité raisonnable ainsi que la sauvegarde d'une certaine dignité.

La jeune femme feuilletait distraitement les volumes exposés quand, tout à coup, elle eut l'impression désagréable d'être observée. Se retournant, elle ne put s'empêcher de tressaillir à la vue de l'homme masqué qui venait d'entrer. Derrière les fentes minuscules de son loup noir, Carol devina des prunelles sombres. L'espace de quelques secondes, elle se trouva captive de ce regard insolent. Elle affecta de se replonger dans le livre qu'elle tenait à la main, mais son esprit enfiévré la trahit, et son attention se reporta sur la silhouette de l'inconnu. Tout de noir vêtu, il portait un justaucorps moulant et des bottines semblables à des chausses moyenâgeuses ; une ample cape, lisérée de pourpre, était jetée sur ses larges épaules, tandis qu'une épée qui paraissait authentique se balançait à son côté droit.

A cause du masque, Carol ne pouvait discerner ses traits, mais elle décela aussitôt un port de tête irréprochable qui dénotait une noblesse native. Les yeux de l'étranger la fixaient, tel, dans les contes indiens, le cobra qui se balance insensiblement afin d'hypnotiser sa victime. Jamais un homme ne l'avait observée avec tant d'audace ! A cette pensée, un frisson parcourut tout son corps. Troublée, Carol remit le livre sur la table avant de sortir de la pièce à grands pas. Au passage, elle évita soigneusement de croiser le regard de l'inconnu.

Manifestement cet homme croyait que toutes les femmes allaient succomber à son charme ! Eh bien ! il se trompait sur le compte de Carol.

Car s'il était vrai qu'elle cherchait à fuir sa solitude, ce n'était pas pour se laisser séduire par un homme assez fou pour se déguiser de la sorte !

Une fois qu'elle eut regagné son bureau, la jeune femme chercha à saisir les raisons de l'anxiété qui l'envahissait. Peut-être était-ce cette atmosphère fébrile qui la rendait si nerveuse ? Malgré les dires de Betty, tous les participants à ce congrès semblaient être des personnes infantiles. Pourquoi fallait-il à chaque fois qu'elle retrouvât des gens lui rappelant Andy par leur façon désinvolte d'envisager l'existence ? Le monde irréel qui avait constitué le décor de vie de son mari différait assez peu de l'univers fantastique dans lequel évoluaient les écrivains de science-fiction. Carol en était douloureusement étonnée...

Des coups retentissants frappés à la porte interrompirent alors ses réflexions désabusées.

— Entrez !

Elle regretta aussitôt son invitation lorsqu'elle vit

une silhouette difforme s'introduire dans son bureau.

Ebahie, la jeune femme regarda s'avancer vers elle un Viking couvert d'oripeaux, qui paraissait tout droit sorti d'un cauchemar. L'homme était vêtu d'une tunique confectionnée, semblait-il, avec un sac de pommes de terre. Il cachait à grand-peine un ventre proéminent.

— Madame Sinclair ! Enfin, je vous vois ! Quel plaisir pour moi !

Au son de cette voix, Carol sut immédiatement à qui elle avait affaire. Sous un casque moulé dans une passoire en fer-blanc, agrémentée de deux flûtes à bec en guise de cornes, surgissait le visage goguenard de Ray Holden. Devant cette vision grotesque, elle dut se retenir pour ne pas fermer les yeux.

— Bonjour, monsieur Holden.

Elle marqua un temps d'hésitation.

— En vérité, je ne vous imaginais pas ainsi, reprit-elle.

En même temps, elle regarda Betty qui haussait les épaules en signe d'impuissance, cachée derrière la lourde silhouette de son importun visiteur. Visiblement, la jeune fille avait fait tout son possible pour épargner cette malencontreuse visite à Carol. En signe de reconnaissance, celle-ci lui adressa un clin d'œil discret.

— Avouez que vous êtes surprise ! En fait, je venais juste m'assurer que vous étiez aussi belle que votre réputation le laisse entendre.

— Monsieur Holden, auriez-vous quelques réclamations à formuler ? demanda-t-elle sans relever l'insolence de ses propos.

— Pas du tout ! L'organisation est parfaite. Je suis enchanté. Simplement une petite question de détail... Mais... vous me permettez de m'asseoir ?

— Je vous en prie.

L'encombrant visiteur prit place sans cesser de dévisager son hôtesse.

Carol cherchait désespérément un moyen d'écourter cette entrevue, lorsque la sonnerie du téléphone résonna à point nommé. Elle reconnut la voix de sa secrétaire.

— Tenez bon, madame Sinclair ! J'arrive !

— Entendu, répondit Carol d'une voix impassible.

Avec un sourire suave, elle raccrocha le combiné.

— Et si nous examinions une dernière fois les dispositions concernant la sécurité ? dit-elle à son interlocuteur.

— Tant que vous le voudrez ! C'est un plaisir de rester en votre compagnie. Savez-vous qu'il arrive même aux Vikings d'être sentimentaux ?

Sans se troubler, la jeune femme se lança dans une explication détaillée des règlements de l'hôtel, s'attardant sciemment sur la délicate question de la fermeture impérative du bar vers onze heures du soir. Après une âpre discussion, la jeune femme réussit à imposer l'heure limite de minuit, malgré les récriminations de Holden, visiblement mécontent.

— Va pour minuit, laissa-t-il tomber d'un ton exprimant le plus vif découragement, mais ce n'est plus un congrès ! Vous devriez organiser des séminaires. Ce serait plus conforme à vos idées.

— J'y songerai, répondit Carol tandis que, à son grand soulagement, la porte s'ouvrait.

— Navrée de vous déranger, s'exclama Betty, mais Mme Wallace vous demande de toute urgence !

— Encore un problème de clefs, sans doute ; je me vois obligée de mettre fin à notre entretien, monsieur Holden. Mme Wallace est l'une de nos plus fidèles clientes. Elle est un peu fantaisiste, mais vous savez ce que c'est, déclara-t-elle en se levant.

— Si vous voulez, je vous accompagne, rétorqua Holden, nullement découragé.

— Malheureusement, c'est impossible. Mme Wallace est d'une timidité maladive ; elle ne comprendrait pas que je lui présente un Viking, aussi valeureux fût-il. Peut-être la prochaine fois... Betty, raccompagnez monsieur à la salle de projection ; je crois que le film a commencé.

Elle s'éclipsa alors dans le couloir, laissant Ray Holden interloqué devant le regard menaçant de la jeune secrétaire.

Après avoir claqué derrière elle la porte de son appartement, la jeune femme s'effondra sur son lit. Elle s'adressa aussitôt de vifs reproches, trouvant qu'elle n'était pas à la hauteur de la situation. Mais Ray Holden lui procurait un malaise indicible ; d'une certaine façon, il lui rappelait Andy et ses manières désinvoltes.

Lorsqu'elle fut calmée, Carol téléphona à son bureau afin de s'assurer que la voie était libre. Dix minutes plus tard, la jeune femme arpentait la rotonde pour une dernière inspection. En cette fin d'après-midi, l'endroit était presque désert. Après avoir constaté que tout était prêt pour l'inauguration, Carol se mit à errer entre les rangées de livres, en proie à une certaine mélancolie. En fait, si elle était ravie de constater l'absence de Holden, elle regrettait de ne pas entrevoir le mystérieux inconnu qui semblait s'être évanoui dans l'hôtel...

Indéniablement l'étranger était attirant dans ce costume insolite, mais le reverrait-elle ? Et, dans ce cas, ne serait-elle pas déçue ? Peut-être n'était-il pas aussi séduisant qu'il le paraissait sous son déguisement ?

Comme elle achevait sa ronde par le hall d'entrée, Carol entrevit, du coin de l'œil, la silhouette énigmatique qui l'avait hantée tout l'après-midi. L'inconnu était nonchalamment assis sur une ban-

quette, près des grands escaliers, un livre à la main.
A son attitude, elle comprit qu'il venait d'interrompre sa lecture pour l'observer.

Son regard était si insistant que la jeune femme se troubla et, ne sachant que faire, elle prit le parti de remonter les escaliers.

Une fois revenue dans son bureau, Carol tenta de se raisonner. Comme si elle n'avait pas assez de problèmes avec la présence de Ray Holden! Si celui-ci n'avait pas le sens des convenances, du moins n'était-il pas dangereux. Carol savait comment se débarrasser de l'importun. En revanche, l'homme en noir représentait une menace pour sa tranquillité. Non seulement il se singularisait par son allure, mais son comportement défiait toute logique. La jeune femme avait beau se dire que, sans son costume, l'inconnu serait un être falot, elle ne pouvait s'empêcher de se rappeler ses yeux ardents. Il était clair que l'inconnu avait une personnalité redoutable...

Carol demeurait dans l'expectative lorsque la porte s'ouvrit doucement.

— Quelqu'un désire vous voir, madame Sinclair!

— Qui donc? demanda-t-elle tandis que Betty s'effaçait pour laisser passer l'homme qui ne cessait d'occuper son esprit.

Carol remarqua aussitôt que l'inconnu avait ôté son masque; pour la première fois, elle put voir son visage. Il portait une fine moustache brune, ainsi qu'un mince collier de barbe qui ne cachait pas la forme énergique de son menton; dépouillé de son loup, le visiteur était moins impressionnant qu'elle ne l'avait cru auparavant, dans le hall. Au contraire, Carol vit danser dans ses yeux une lueur franche et chaleureuse qui la rassura.

Derrière lui se tenait Betty, interdite. D'un signe, la jeune femme lui enjoignit de refermer la porte.

— Excusez-moi, mais nous n'avions pas rendez-vous, monsieur...

— Etes-vous bien Carol Sinclair ? répliqua l'inconnu sans la moindre gêne.

— Oui, mais je ne vois pas...

— Vous êtes la personne que je désirais rencontrer.

D'un pas décidé, il se dirigea vers le bureau.

— Permettez-moi de me présenter : Kevin Corrigan.

Il ôta alors son gantelet noir pour tendre la main à la jeune femme médusée.

— Je suis chargé, dit-il, d'organiser le congrès de l'année prochaine, et l'on ne s'y prend jamais trop tôt, n'est-ce pas ?

— A qui le dites-vous ! Prenez donc un siège, monsieur Corrigan.

Il s'assit d'un mouvement souple sur le fauteuil tout en gardant sa main droite posée sur le pommeau doré de son épée. Etrangement, il n'avait pas l'air ridicule. Carol était encore sous le charme de l'impression délicieuse que lui avait procurée cette poignée de main.

— Depuis que je suis ici, j'ai observé la façon dont était organisé ce congrès, et j'ai beaucoup apprécié les dispositions que vous avez prises, surtout en ce qui concerne l'accueil des participants. Cependant, comme je suis encore un peu novice en la matière, j'aurais quelques questions à vous poser, si cela ne vous dérange pas, bien sûr.

Carol se prêta volontiers à cet interrogatoire et, bien qu'elle fût troublée, elle essaya de lui donner le maximum de précisions. Kevin Corrigan se montra enchanté de cet entretien.

— Vos réponses m'ont beaucoup éclairé, fit-il. Peut-être avez-vous des observations à faire pour cette année ? Je serais ravi de vous renseigner.

— Précisément. J'ai entendu parler d'une attraction pour le moins inhabituelle dans un hôtel. Cela s'appelle le jeu de l'assassin, je crois. A vrai dire, je n'ai rien contre la science-fiction en général, mais il m'est impossible d'approuver ce qui pourrait troubler la tranquillité de ma clientèle. Si j'ai bien compris, ce jeu implique l'utilisation de pistolets à eau remplis de parfum ? Je crains que certaines personnes ne prennent pas très bien cette initiative...

— N'ayez aucune inquiétude. Si vos clients restent à l'écart, ils ne courent aucun danger. Les joueurs doivent choisir avec discernement leurs victimes ; en fait, ils ne se défendent que lorsqu'ils sont attaqués. Faites-moi confiance ; j'ai une longue expérience en la matière, ajouta-t-il en souriant.

Malgré ces paroles réconfortantes, la jeune femme n'était guère convaincue.

— Je veux bien vous croire, mais j'ai aussi une longue expérience hôtelière, et je sais que les congrès sont souvent l'occasion de surprises désagréables. J'ignore si les livres de science-fiction finissent bien, mais je tiens à ce que ces réjouissances ne dégénèrent pas en chaos absolu même si, dans vos romans, c'est la règle du genre.

— Je vois que vous êtes parfaitement informée ! C'est un plaisir de discuter avec vous.

La méfiance de la jeune femme semblait l'amuser beaucoup.

— Oh ! Une dernière chose, poursuivit Carol en remarquant à nouveau son épée. Je suis également préoccupée par ce bal costumé. Ne pensez-vous pas que le port d'armes peut donner lieu à certaines exactions ?

— Là, vous êtes pessimiste. Je sais que vous avez beaucoup de clients à cette période de l'année, surtout pendant le week-end, mais nos amis songent seulement à s'amuser.

Carol l'observait, l'air désabusé.

— Je ne vous cache pas, monsieur Corrigan, que j'aurais préféré exclure toutes ces pratiques.

Kevin Corrigan fronça les sourcils tout en gardant la main posée sur la garde de son épée, comme s'il voulait se protéger.

— Madame, ces armes font l'originalité de ce jeu. Les supprimer reviendrait à ôter tout le plaisir de la participation.

— Certes, mais mettez-vous à ma place. Je sais que vous n'êtes pas des vandales. Cependant, je maintiens que certains clients risquent de ne pas apprécier ce genre de reconstitution historique.

— Oui...

Il hésita un instant puis, comme saisi d'une idée de génie, il proposa :

— Et si vous veniez au bal ? Ainsi, vous pourriez surveiller le déroulement des opérations.

Surprise, elle commença par protester.

— Il n'en est pas question. D'abord, je n'ai pas de costume ; ensuite, je ne pense pas que ma présence serait très appréciée.

— Qu'à cela ne tienne ! Je m'arrangerai pour que vous ayez un costume approprié ; en outre, vous porterez un badge, comme tous les autres invités. Vous garderez ainsi l'incognito !

Carol le regardait, incrédule.

— Mais si, réfléchissez, dit-il. Vous aurez ainsi toute latitude pour évoluer parmi nous ; et, si vous voyez quelque chose qui vous déplaît, il sera toujours temps de prévenir le service de sécurité. Enfin... j'espère que cette éventualité ne se présentera pas.

Devant le peu de réaction de Carol, il crut l'affaire conclue. Se levant, il s'inclina et prit congé de la jeune femme.

— Eh bien ! c'est entendu. Je vous enverrai votre costume dans une heure ou deux ; si jamais quelque chose n'allait pas, appelez-moi. J'occupe la chambre 115. Mais le modèle vous plaira certainement. A ce soir !

— Monsieur Corrigan ! s'exclama Carol tandis qu'il ouvrait la porte.

Trop tard ! Kevin Corrigan avait déjà disparu.

Carol demeura abasourdie quelques instants, puis elle haussa les épaules avec résignation. Elle ne pouvait rattraper cet original sans se couvrir de ridicule devant Betty ; la jeune femme ne se voyait pas en train de se donner en spectacle avec un inconnu devant sa secrétaire. A coup sûr, tous les employés du Merryweather en feraient des gorges chaudes !

Le premier moment de surprise passé, elle se demanda comment elle avait pu accepter ainsi une invitation au bal. A y réfléchir, ce n'était pas une si mauvaise idée ; elle passerait inaperçue et pourrait exercer une surveillance discrète. Mais sur le principe... ou pouvait épiloguer longtemps.

En fait, Kevin Corrigan n'était pas si fantaisiste qu'il en avait l'air. Il s'était même montré très habile. Cependant, jusqu'à quel point pouvait-on lui faire crédit ? Cet homme était diabolique. Son costume le prouvait. Elle s'en voulut alors de s'arrêter à cette apparence. L'habit ne fait pas le moine... Et puis, elle ne pouvait le nier, elle était loin d'être insensible au charme de Kevin Corrigan. Ce corps d'athlète, qu'elle devinait sous ce déguisement suggestif, la troublait plus qu'il n'était souhaitable, et le seul fait de l'évoquer la plongeait dans une rêverie pleine d'équivoque.

La sonnerie du téléphone la rappela à la réalité. Elle répondit brièvement puis, avec un soupir, reprit son travail là où elle l'avait abandonné. Les dossiers s'étaient empilés, ces derniers temps. Peine perdue ! Il lui fut impossible de fixer son attention. Malgré toute sa bonne volonté, elle ne put s'empêcher de penser au costume que Kevin Corrigan allait lui choisir...

3

Deux heures plus tard, un mystérieux colis arriva, porté par une Betty manifestement dévorée de curiosité. Malgré la muette insistance de sa secrétaire, Carol refusa de se laisser distraire de son travail, si bien que la jeune fille, dépitée, dut rejoindre son bureau sans avoir vu le contenu du volumineux paquet. Durant le reste de l'après-midi, Carol ne releva pas les yeux, trop occupée à rattraper son retard.

A cinq heures, bien qu'ayant effectué de nombreux allers et retours entre le bureau et la réception, Betty dut se résigner à partir sans avoir levé le voile sur ce présent insolite. Un quart d'heure plus tard, le paquet sous le bras, Carol rentra dans son appartement, se retenant pour ne pas courir.

Une fois seule, elle ouvrit à la hâte la grande boîte cartonnée et découvrit alors une tunique noire lisérée de pourpre, un collant assorti, des bottines souples, ainsi qu'une ample cape bordée elle aussi de cette jolie couleur qui dessinait comme un éclair sur le velours sombre.

La jeune femme sourit en voyant qu'elle avait oublié, au fond du carton, un loup noir qui lui permettrait de masquer son visage. Le costume était en tous points semblable à celui de Kevin. Il avait omis de joindre l'épée, ce qui était sans nul doute délibéré. Carol se perdit en conjectures sur ce geste. Elle n'y vit finalement qu'une attention de sa part, et le souhait déguisé de la voir se mettre sous sa protection. En tout cas, Kevin avait tenu parole ; avec un tel déguisement, elle ne risquait pas d'être reconnue pendant le bal masqué !

Au fond, son idée n'était pas si extravagante.

Tandis qu'elle se glissait dans son bain, la jeune femme tenta d'imaginer l'allure qu'elle aurait avec cet habit ; un instant, elle vit dans cette mascarade un pur enfantillage mais, rassurée à l'idée qu'elle agissait par conscience professionnelle, elle se détendit. C'était une excellente solution, joignant l'utile à l'agréable.

Malgré son funeste penchant pour les romans d'anticipation, cet homme avait du génie. D'ailleurs, qui remarquerait qu'une nouvelle étoile était née sous le ciel du Merryweather Hôtel ?

Il était à peine six heures, lorsque Carol décida de revêtir son costume. A la hâte, la jeune femme enfila le collant, puis elle passa la tunique soyeuse sans oublier de fermer les nombreux boutons rouges qui constellaient les larges manches. Une fois bottée, elle se dirigea vers son miroir, étonnée que Kevin ait réussi à deviner sa taille.

En s'observant dans la glace, Carol étouffa une exclamation de surprise ; ce costume, assez masculin en apparence, accentuait sa féminité de façon stupéfiante. L'étroit collant fuselait ses jambes et arrondissait ses hanches de manière presque gênante. Par bonheur, elle avait un masque ! Si jamais les employés la voyaient évoluer ainsi dans l'hôtel, son autorité serait sans doute ruinée à jamais. A supposer que Kevin Corrigan ait voulu la compromettre, il n'aurait pas agi autrement !

La tunique galbait audacieusement sa poitrine, aussi fut-elle contente de se dissimuler sous la cape.

Malgré ses réticences, la jeune femme savait qu'il était trop tard pour reculer. Partagée entre la satisfaction de séduire et la crainte d'être reconnue, elle sentit un délicieux frisson la parcourir. Elle décida de se maquiller plus qu'à l'ordinaire et choisit du rouge à lèvres vermillon qui lui seyait particulièrement. Après avoir brossé ses cheveux, elle se contempla dans la glace, surprise de l'image que lui renvoyait son miroir. Etait-ce le plaisir inattendu de se déguiser ou l'intuition qu'elle allait plaire à Kevin Corrigan ? Quoi qu'il en soit, elle sut en se regardant qu'elle était plus belle qu'à l'accoutumée.

Rapidement, elle ferma la porte de son appartement et, telle une aventurière, plaça la clef dans le décolleté de sa tunique.

Les couloirs de l'hôtel étaient encombrés par une multitude de participants manifestement excités par la proche perspective de l'inauguration. Devant cette foule bariolée, la jeune femme se sentit prise de vertige. Que faire, sinon aller de l'avant ?

De nombreux humanoïdes la frôlaient désagréablement. Elle croisait une foule de gens tous plus bizarres les uns que les autres et, une fois de plus, la psychologie de ces êtres lui sembla primaire.

Arrivée devant la salle de conférences, Carol hésita tant la foule était dense. Tous avaient un verre à la main, mais elle constata avec soulagement qu'au bar on servait des jus d'orange aux mineurs.

Elle circulait entre les tables lorsqu'une main effleura sa hanche. Outrée, Carol se retourna ; il lui fut toutefois impossible de trouver le coupable ! La cohue était telle qu'on ne pouvait éviter de se toucher. Un instant, elle songea à s'éclipser mais, bien vite, elle y renonça. N'était-ce pas son travail de veiller à ce que tout se déroulât parfaitement ?

Consciente de la responsabilité qui pesait sur ses épaules, la jeune femme pénétra dans la rotonde, elle aussi noire de monde.

Aussitôt, d'horribles images l'assaillirent. Partout, des extraterrestres aux yeux globuleux et aux mains couvertes d'écailles verdâtres la fixaient sans aménité. Faisant assaut d'originalité, des illustrés exhibaient des vaisseaux spatiaux tous plus sophistiqués les uns que les autres, et des créatures fantastiques qui défiaient l'imagination.

Carol n'avait jamais eu une très haute idée de la littérature d'anticipation, influencée en cela par les goûts de ses parents qui l'avaient plutôt encouragée à lire des ouvrages scientifiques. Elle n'avait jamais pu se résoudre à feuilleter la moindre bande dessinée.

Comment pouvait-on consacrer tant d'heures à la lecture de livres si peu édifiants ? Etait-ce pour ne pas affronter la réalité quotidienne que ces gens se réfugiaient dans un monde chimérique ? Quant à elle, l'idée de vivre dans un univers parallèle la plongeait dans le plus profond désarroi...

Secrètement désappointée par l'absence de celui qui l'avait conviée à ce bal avec tant d'audace, Carol continua sa visite.

Kevin Corrigan n'avait pas encore daigné paraître, et la jeune femme bouillait d'impatience. Serait-il un agent spatio-temporel en mission dans quelque lointaine contrée ? Au comble de l'excitation, elle se sentit gagnée par cette fièvre qu'elle réprouvait un instant plus tôt.

Elle regarda sa montre. Voilà plus d'une heure maintenant qu'elle déambulait dans les salles. La fête se déroulait dans une atmosphère agréable. Il était clair qu'il ne se passerait rien. Quittant la rotonde, Carole décida de se rendre dans la galerie d'art. Pourquoi ne pas profiter de cette rétrospective pour étudier un mode d'expression qui lui était étranger ? C'était une occasion rêvée. Peut-être découvrirait-elle des talents inédits qui lui révéleraient un domaine insoupçonné.

Tout à fait dans la note, Carol évoluait maintenant avec aisance, et beaucoup se retournaient sur son passage. Elle loua intérieurement Kevin d'avoir songé à lui procurer un masque. Se promener à visage découvert eût été un véritable suicide professionnel !

Par chance, très peu de gens se pressaient dans la salle d'exposition, comme si les invités avaient été plus attirés par le buffet. De prime abord, Carol fut surprise par les gravures accrochées aux murs. Un triptyque retint particulièrement son attention. Il représentait une tarasque à six têtes, entourée de ses petits. Le premier tableau, une scène champêtre, les montrait en train de se baigner dans l'eau d'un torrent. Le sol alentour était jonché d'écailles et les arbres brûlaient comme des torches ! Surgissait alors — c'était la seconde image — une mystérieuse créature fuligineuse qui s'attaquait au dragon.

Carol s'approcha pour mieux le détailler. Arc-bouté, il crachait des volutes de fumée. Sa peau brillait d'une lueur rougeâtre.

Dans le troisième volet, on assistait à la victoire de la tarasque. Vomissant un torrent de feu, le monstre précipitait son adversaire au fond d'un cratère.

Une véritable vision d'apocalypse !

Les gravures suivantes ne cédaient en rien à l'horreur. Des lutins scrofuleux sortaient d'un gouffre tandis que des piranhas déchiquetaient une araignée géante.

Avec une moue dégoûtée, la jeune femme recula

vivement, pour se diriger vers la sortie. Quel esprit malade avait pu concevoir de telles horreurs ?

Au passage, son œil fut attiré par une série de lithographies qui représentaient des scènes mythologiques vues dans une optique futuriste. Carol constata avec étonnement qu'une étrange poésie se dégageait de ces images dont la première représentait une monture ailée. La jeune femme tenta, mais en vain, de se rappeler la fabuleuse histoire de Pégase. Maints détails lui échappaient.

Dès son plus jeune âge, ses parents avaient condamné ces légendes dont la lecture, estimaient-ils, représentait une perversion pour l'esprit. Ce n'est que bien plus tard, au cours de ses études supérieures, qu'elle avait effleuré le sujet. Il ne lui en restait pas grand-chose.

Pourtant, ce dessin aux lignes délicatement ouvragées lui plut. Le superbe cheval blanc se détachait fièrement à l'horizon, tel un destrier invincible dans sa course triomphale. Avec ravissement la jeune femme nota le contraste entre cette impression de puissance et la fragilité de ses ailes démesurées. Cette fière créature n'allait-elle pas, hélas ! s'épuiser dans sa course vers le soleil ?

Emue au plus profond d'elle-même par cette peinture d'une rare beauté, Carol décelait dans cette allégorie une vérité profonde. La silhouette du cheval, avec ses ailes fièrement déployées, lui semblait un symbole de sa propre existence ; tout comme pour lui, sa vie n'avait été jusqu'à présent qu'une course effrénée, un envol que le destin avait entravé...

Regardant à nouveau l'énigmatique peinture qu'elle trouvait prophétique, la jeune femme se jura de l'acquérir coûte que coûte afin de l'accrocher dans sa chambre.

Tout à coup, la conscience d'une présence à ses côtés lui causa une curieuse impression.

— Bonjour, fit un inconnu.

Elle tressaillit. Au son de sa voix, elle reconnut celui qu'elle attendait depuis le début de la soirée.

Se détournant, elle répondit non sans émotion :

— Bonjour, monsieur Corrigan.

— Appelez-moi Kevin, répondit-il. Tout n'est-il pas permis, aujourd'hui ? Mais je vous ai arrachée à la contemplation de ce tableau ?

— Il me semble très beau ; cependant, j'avoue ne guère m'y connaître.

— En ce qui me concerne, j'ai plutôt un penchant pour des peintures comme Frazetta ou Vallejo.

Bouleversée par la présence de Kevin Corrigan, Carol essayait désespérément de rappeler ses souvenirs.

— Je n'ai jamais entendu parler d'eux, fit-elle enfin.

— Ce sont des artistes réputés dans le domaine de la science-fiction et, je dois le dire, à juste titre. Il est impossible que vous n'ayez jamais vu les personnages de Frazetta ; ses femmes sont très... suggestives et pleines de réalisme, ce qui est paradoxal.

Il eut un geste de la main, comme pour esquisser une silhouette.

— Les créatures de Frazetta, continua-t-il, sont même très en chair. Pour ma part, je préfère nettement les modèles de Vallejo, sveltes et féminins, un peu comme vous, d'ailleurs.

Il jeta un rapide regard sur la taille fine de la jeune femme.

— Je suis sûr qu'il serait inspiré, en vous voyant.

— Vous croyez ?

Carol semblait très étonnée.

— Laquelle préférez-vous ? demanda-t-il à brûle-pourpoint, en montrant la série de gravures.

Elle désigna aussitôt celle qui représentait Pégase.

À son tour, il examina attentivement le dessin.

— Ce tableau, dit-il, procure un sentiment de beauté et de liberté tout à la fois. C'est très étonnant !

Interloquée, Carol regarda à nouveau la scène qui l'avait tant séduite, quelques instants auparavant. Etait-ce à cause de cette impression de liberté qu'elle avait aimé ce tableau ? Pourtant, à ses yeux, la liberté était un mythe. Bien malin celui qui saurait la représenter ! D'ailleurs, elle constituait la pire des illusions, et il était vain de s'y accrocher.

— Connaissez-vous l'histoire de Pégase ? demanda-t-elle soudain.

— Certes. Voulez-vous que je vous la raconte ? proposa-t-il gravement, comme si l'instant qu'ils vivaient devait marquer le début d'une ère nouvelle.

— Je serais ravie de l'entendre de votre bouche ; il y a si longtemps que je n'ai pas eu la chance d'écouter une belle histoire ! s'exclama la jeune femme avec enthousiasme.

— D'après la légende grecque, Pégase naquit du sang de Méduse lorsque Persée coupa la tête à cette Gorgone. Un jour, la déesse Athéna donna à Bellérophon une bride magique afin qu'il pût dompter le magnifique coursier ; ensemble, ils accomplirent des merveilles, ils terrassèrent la monstrueuse Chimère, puis ils conquirent plusieurs nations. Finalement, le merveilleux cavalier épousa la fille d'un roi.

— Les histoires d'amour finissaient bien, en ce temps-là, soupira la jeune femme sans se rendre compte de la surprise de son interlocuteur.

— Hélas ! non, reprit-il doucement. Dévoré par l'ambition, il se lança dans de nouvelles aventures.

— Et alors... qu'est-il arrivé ? demanda Carol.

— Bellérophon a vu trop grand, en quelque sorte, ce qui a courroucé les dieux. Il s'était mis en tête de rejoindre l'Olympe avec Pégase, sans doute afin d'égaler les illustres occupants de ce site enchanteur. Pégase le précipita du haut des airs. Zeus donna alors au coursier la mission de porter la foudre et les éclairs et, plus tard, il le mit au nombre de ses constellations.

— Qu'est devenu Bellérophon ?

— A l'issue de son saut, il se retrouva dans un marécage qui amortit sa chute et lui sauva la vie. Il ne reparut jamais dans son royaume, vécut en solitaire et finit par mourir, seul.

— Ce cheval est d'une beauté trompeuse, dit-elle, songeuse. Comme d'habitude, l'artiste a enjolivé la réalité.

Carol montra le dessin d'un geste dépité.

— Qu'entendez-vous par là ?

— D'après ce mythe, Pégase ne représente ni la liberté ni la beauté, expliqua-t-elle en essayant de réprimer son indignation. En fait, il n'est que l'illusion du bonheur, le symbole d'une volonté toujours renouvelée d'atteindre l'inaccessible. Il devrait être d'une laideur repoussante afin de préserver les hommes des périls de l'ambition !

Kevin la regardait, étonné.

— Peut-être, fit-il. Néanmoins, la recherche du bonheur peut devenir un plaisir en soi ; c'est du moins mon avis. Mais cette conversation est bien grave. Si nous marchions un peu ? suggéra-t-il.

Et il saisit le bras de la jeune femme d'un geste si naturel qu'elle ne songea pas à protester.

4

Lorsqu'ils pénétrèrent dans la grande salle illuminée, la fête battait son plein. A leur arrivée, de nombreuses personnes se retournèrent, et Carol en ressentit un vif embarras. Avec ces costumes extravagants, il leur était difficile de passer inaperçus ! Elle rajusta son masque de peur d'être reconnue.

Tout à coup, la jeune femme comprit que la similitude de leurs tenues devait donner lieu à des suppositions qui, pour flatteuses qu'elles soient, n'en étaient pas moins gênantes, vu sa situation dans l'hôtel. Mus par un réflexe naturel, les gens trouvaient certainement qu'ils formaient un couple des plus assortis !

Soudain, inquiète, Carol se tourna vers Kevin qui lui tenait toujours le bras.

— Dites-moi, que se passe-t-il ? J'ai l'impression d'être le point de mire de toute l'assistance.

— Je crains fort que ce ne soit pas qu'une impression, répondit-il en souriant. D'ailleurs, c'était prémédité.

— Que voulez-vous dire ?

En son for intérieur, elle saisissait parfaitement ce à quoi il faisait allusion.

Il l'entraînait maintenant vers le milieu de la salle.

— Oh! C'est très simple. Je vous ai envoyé ce costume dans un dessein inavouable, et je crois avoir atteint mon but.

— Inavouable?

— En quelque sorte!

— De quoi parlez-vous?

Devant tant d'ingénuité, Kevin s'inclina pour déposer un petit baiser sur la main de la jeune femme. Ce fut fait d'un geste si naturel qu'elle n'eut pas la force de le repousser.

— Vous êtes incomparable, chère amie.

D'un ton badin, il poursuivit :

— En vérité, il s'agit d'un subterfuge. D'abord, je peux vous reconnaître aisément...

Elle l'interrompit, moqueuse.

— Mais n'importe quel costume aurait rempli cet office!

— Très juste; cependant, là n'est pas l'essentiel. En réalité, toute personne qui nous verra ainsi costumés croira immanquablement que nous formons un couple. De cette façon, aucun autre homme n'osera vous approcher.

— M'approcher?

Elle le regarda, émue par cet aveu implicite.

— Vous courtiser, si vous préférez.

— Oh! fit-elle, stupéfaite qu'il se découvre aussi facilement.

— Il est bien naturel que je tente de vous soustraire au regard des autres.

Il lui prit la main avec ferveur.

— Je veux avoir le temps de mieux vous connaître, ajouta-t-il.

Carol se sentit aussitôt transportée de joie. Kevin lui communiquait son enthousiasme. L'instant d'après, cependant, elle retira sa main, désemparée par la manière dont la situation évoluait. Le simple fait d'avoir endossé ce costume lui donnait de l'assurance ; de plus, elle était grisée par cette atmosphère aussi étrange qu'insolite. Néanmoins, elle éprouvait une certaine gêne. Il n'était pas dans sa nature de se donner ainsi en spectacle, et la facilité lui était étrangère.

Pourtant, où était le mal ? Si son travail exigeait qu'elle ait recours à de tels subterfuges, pourquoi se dérober devant ses responsabilités ? Dans certaines circonstances, la gaieté n'avait rien de répréhensible !

Malgré tout, Carol ne pouvait s'empêcher de ressentir un malaise diffus. A coup sûr, ses parents auraient désapprouvé une telle attitude. Pour eux, la fantaisie était synonyme d'immoralité ; sans partager cet avis, Carol y voyait une certaine vanité.

Soudain, la jeune femme se rendit compte que son compagnon lui parlait.

— Carol, j'aimerais vous revoir...

— La direction de l'hôtel Merryweather recommande à son personnel la plus grande discrétion, répliqua-t-elle, consciente pourtant que cette réponse était en pleine contradiction avec son attitude.

— Pendant vos heures de travail, je comprends ; sinon rien ne vous empêche d'avoir les relations que vous souhaitez.

L'ambiguïté du raisonnement la confondit.

— Votre présence à mes côtés est fort agréable, fit-elle, mais pas au point de me faire oublier mes obligations !

— Voilà qui est mieux. J'avais peur de vous importuner ! Si vous n'y voyez pas d'inconvénient, je vous tiendrai compagnie toute la soirée. De toute façon, je suis patient ; je saurai attendre.

Carol cherchait en vain une réplique susceptible

de tempérer l'assurance de son interlocuteur lorsque, tout à coup, elle sentit une main lourde s'abattre sur son épaule.

— Madame Sinclair ! Comment allez-vous ?

La jeune femme recula instinctivement devant la silhouette informe qui se dressait devant elle. Aussitôt, elle sut gré à Kevin de sa présence d'esprit quand il la serra contre lui d'un geste à la fois tendre et protecteur.

Incapable de répondre, elle entendit comme dans un rêve son compagnon déclarer :

— Désolé, Holden, il semble que vous faites erreur sur la personne.

Il eut une moue si désappointée que Carol éprouva une irrésistible envie de rire. Avec son déguisement ridicule, Holden paraissait tout à fait à son désavantage devant Kevin fièrement sanglé dans son costume noir !

— Qu'essayez-vous de me faire croire, Corrigan ? demanda-t-il d'une voix avinée. Je reconnaîtrais cette silhouette entre mille.

— Je n'ai pas l'honneur de connaître Mme Sinclair, mais je doute qu'elle ait autant d'allure qu'Alissa !

D'un geste admiratif, il désigna Carol.

Holden semblait rouge de confusion.

Kevin reprit d'un air menaçant :

— Alissa est ma fiancée. Si elle porte ce costume, c'est précisément dans le but d'écarter les individus de votre genre. Est-ce clair ?

. Ce disant, il approcha sa main du pommeau de son épée.

— Clair, non ; légitime, certes, déclara Holden d'une voix blanche. J'ai certainement fait erreur. Ma mauvaise vue, sans doute...

— Je l'espère ! Ce serait bien la première fois que je vois un Viking porter des lunettes, mais après tout...

— Eh bien! bonne continuation, laissa tomber Holden tout en rebroussant piteusement chemin.

Carol se tourna vers Kevin.

— Votre ruse a été éventée, fit-elle. Mais qui pourrait mettre en défaut la perspicacité de M. Holden ?

Kevin avoua d'un ton dépité :

— Moi qui croyais vous mettre à l'abri des regards indiscrets ! Ce n'est pas une réussite. Je songeais à vous protéger et...

— Me permettez-vous de vous poser une question ? demanda-t-elle, ingénue.

— Je vous en prie.

— Ne représentez-vous pas un danger plus grand que n'importe qui ?

— Question subtile ! Je vais y réfléchir...

Carol s'amusait beaucoup. Jusqu'alors distraite par leur conversation, elle n'avait pas prêté attention à l'endroit où ils se trouvaient, à présent. Sous l'éclat des lustres, la salle de bal était devenue le centre d'un monde féerique et n'offrait plus aucune ressemblance avec l'univers prosaïque qui lui était familier.

Sur le parquet ciré, les gens tournaient dans une sarabande endiablée. Les yeux écarquillés, la jeune femme vit passer devant elle les spécimens les plus étonnants de la création — de féroces barbares se promenaient aux bras de fées diaphanes, un chevalier de la Table ronde, portant des chaînes autour des chevilles, arpentait gravement le salon en compagnie de ce qui semblait être un dragon apprivoisé ; tous deux paraissaient débattre du sort incertain d'un royaume inconnu. Plus loin, face à un grand miroir, un officier de la flotte intergalactique entamait une discussion animée avec une gigantesque pieuvre verdâtre dont les tentacules bougeaient de manière impressionnante tandis qu'elle parlait un langage s'apparentant à l'ancienne langue anglaise ! A la stupéfaction de Carol, l'immonde animal s'inclina avec déférence devant Kevin lorsqu'ils passèrent à la hauteur de ce groupe insolite.

— Vous fréquentez aussi les fonds marins ? demanda-t-elle lorsqu'ils se furent éloignés.

— Bien sûr ; voulez-vous que je vous présente ?

Il s'amusait visiblement de la mine effrayée de sa compagne.

— Pour rien au monde !

Plus loin, ils furent accueillis par des rires. Quelques dames du Moyen Age étaient en grande conversation avec un couple de robots dont les yeux phosphorescents scintillaient dans la pénombre du bar.

— Est-ce que chacun s'identifie à un personnage précis ?

— Plus ou moins, répondit Kevin avec le plus grand sérieux. En vérité, nous n'observons pas de règle draconienne en ce domaine. Parfois, le costume représente un rêve cher à celui qui le porte...

— Un cauchemar, plutôt ! protesta Carol en contemplant les êtres étranges qu'ils croisaient à chaque instant.

— Cela dépend ! En ce qui me concerne, j'incarne un héros de ma création. Ses aventures ne sont que le pur produit de mon esprit !

En son for intérieur, la jeune femme ne pouvait s'empêcher de désapprouver ces rêveries inutiles. Cependant, elle se souvint que cette soirée représentait pour elle une occasion inespérée de connaître un peu mieux cet univers si particulier.

— Et que fait cet homme incomparable ? demanda-t-elle poliment.

— Il est beau, audacieux, courageux en toutes circonstances, et surtout, il plaît aux femmes !

Un instant, Carol fut tentée de lui dire qu'il ressemblait beaucoup à son héros imaginaire, mais

Kevin poursuivait son évocation sur un ton passionné :

— Sa bravoure est sans égale, et jamais il ne se laissera vaincre par les forces du mal !

— Cela va de soi, fit remarquer Carol avec une légère pointe d'ironie dans la voix. Et ce chevalier sans peur et sans reproche aurait-il un nom, par hasard ?

— Absolument ! Je me suis souvenu de mes ancêtres celtiques et je l'ai appelé Altagor, le guerrier de la Voie lactée.

— Je vois ; un aventurier des temps modernes, en quelque sorte ?

— Si vous voulez ! Après avoir vénéré Conan le Barbare, j'ai décidé de créer un personnage original.

— D'après ce que l'on m'a raconté de vos exploits de l'an passé, un changement de nom ne peut vous faire que du bien, fit-elle observer avec espièglerie. Quant à moi, qui suis-je supposée être ?

— Vous... vous êtes la plus belle femme que j'aie jamais connue !

Carol sentit le sang affluer à ses joues ; décidément, cet homme était dangereux !

— Il ne vous sert à rien de me flatter, dit-elle en ébauchant un sourire crispé. Je voulais simplement savoir quel personnage j'étais censée représenter.

— En fait, je ne le sais pas, fit-il après un instant d'hésitation. Vous devez créer votre propre personnage. Jusqu'à ce soir, s'il a vécu de brèves aventures, Altagor n'a pas eu de véritable compagne. Il ne tient qu'à vous...

La jeune femme se sentit rougir sous son masque. Prise au dépourvu, elle tenta de détourner la conversation sur un sujet moins périlleux.

— Dites-moi ; ne seriez-vous pas membre du tristement célèbre Comité pour la défense de l'anachronisme ?

— Comment le savez-vous ? demanda-t-il d'un

air indigné, comme si Carol venait de divulguer un secret militaire.

— Ma secrétaire m'en a parlé l'autre jour, répondit-elle tandis qu'ils s'asseyaient à une table isolée.

— On ne peut rien vous cacher! Depuis un an, nous essayons d'organiser des tournois.

— N'est-ce pas dangereux?

— Si, mais rassurez-vous. Jusqu'à présent, nous n'avons jamais pu trouver de chevaux capables de supporter le poids d'une armure!

— Il est vrai que des chevaux comme Pégase ne courent pas les rues, répondit Carol regrettant aussitôt l'ironie de ses paroles.

— Tout ceci ne vous intéresse guère, avouez-le!

— A vrai dire, je n'y connais rien. Mon métier m'absorbe complètement.

— Vous n'avez pas de famille?

— Pas vraiment, répondit-elle, gênée à l'idée d'aborder ce sujet délicat.

— Que lisez-vous?

— Surtout des auteurs classiques. Et j'affectionne particulièrement les penseurs et les philosophes!

— Avec ce genre de lectures, il n'est pas étonnant que vous envisagiez la vie sous un jour particulier, fit-il remarquer après un instant de réflexion.

— La vie n'est pas une partie de plaisir, répliqua-t-elle aussitôt. Qu'y puis-je?

— Vous y pouvez beaucoup, même si cela doit vous surprendre. Si l'existence est parfois sombre, pourquoi s'y arrêter?

— Pourquoi? Mais parce que c'est la réalité! Le monde n'est pas un endroit idyllique, c'est le moins que l'on puisse dire, et celui qui espère un changement s'expose à être cruellement déçu.

Elle s'en voulut de manifester tant d'amertume en un moment aussi exceptionnel.

— Une jeune femme comme vous n'a pas le droit

de parler ainsi! protesta-t-il. Vous avez subi une influence pour le moins néfaste. Ce n'est pas possible autrement!

— Je ne pense pas, répondit-elle sans conviction. La vie m'a simplement appris à voir les choses de manière réaliste.

— Je déteste contredire une femme, surtout lorsqu'elle est belle comme vous. Cette fois-ci, cependant, je m'y vois contraint. Regardez ce couple qui danse, là-bas; que vous inspire-t-il?

— J'aperçois deux personnes affublées de costumes ridicules qui perdent leur temps... comme nous tous, d'ailleurs.

— Telle est donc votre opinion.

Il eut l'air peiné.

— Pour ma part, reprit-il, j'ai devant les yeux une fée et un centaure en train de folâtrer, ce qui est très plaisant.

— Il ne s'agit que d'un leurre.

— Si vous voulez! Mais, en toute objectivité, voilà deux personnes qui tentent de vivre — ne serait-ce que brièvement — leurs rêves les plus profonds. Vous ne pouvez y être insensible, sous peine de renier tout idéalisme. Je ne vous crois pas capable de raisonner aussi froidement.

— En fait, vous prenez vos désirs pour des réalités, protesta Carol, bien qu'elle fût ébranlée.

— J'essaie de mettre un peu de poésie dans la vie. Le monde est comme une scène. Chacun y tient un rôle. C'est notre regard intérieur qui façonne la réalité, comprenez-vous, chère Alissa?

Les derniers mots de Kevin résonnèrent étrangement dans l'esprit de la jeune femme. Pendant quelques secondes, elle se demanda si elle avait bien entendu. Devant l'expression malicieuse de son compagnon, Carol ne put que bredouiller:

— Comment m'avez-vous appelée?

Les yeux de Kevin étincelaient d'une joie non

dissimulée ; pour un peu, elle se serait laissé prendre à ce jeu !

— Qui est cette Alissa dont vous parlez ? insista-t-elle.

— C'est vous. Vous êtes plus belle que mon rêve, plus saisissante, plus réelle. Alissa est désormais la compagne inséparable d'Altagor, son amie et amante...

— Encore une illusion issue de votre esprit fécond, je le crains, cher Altagor ! protesta-t-elle, néanmoins curieuse de voir jusqu'où l'entraînerait son imagination.

— Dites plutôt une réalité parallèle, rectifia-t-il.

— Décidément, il est impossible de vous faire changer d'avis ! Enfin, Kevin, tout ce que vous me racontez depuis un quart d'heure est insensé ; ce n'est que vue de l'esprit !

— Mais ô combien agréable !

Carol était interloquée. La voyant dans l'embarras, Kevin changea de conversation.

— Et si nous dansions ? proposa-t-il.

La jeune femme esquissa d'abord un mouvement de refus. Depuis son mariage, elle n'avait plus dansé. Pourtant, les distractions lui manquaient et la musique était si entraînante que, pour un peu, elle aurait esquissé quelques pas toute seule.

— Je ne sais pas danser la valse, répondit-elle enfin tandis que Kevin se levait.

— Ce n'est pas grave.

Il lui tendit la main.

— Sans me vanter, je pense pouvoir vous guider. Croyez-moi, vous apprendrez vite.

Avant qu'elle ait eu le temps de protester, elle se retrouva sur la piste de danse.

A sa grande surprise, le rythme de la musique ne lui parut pas difficile à suivre ; ils firent plusieurs fois le tour de la pièce en virevoltant et, bientôt, Carol se laissa aller, grisée par l'entrain de son partenaire. Ce soir, la joie était de rigueur, et elle s'accorda un moment de répit. Non loin d'eux, Merlin l'enchanteur dansait avec la fée Viviane, et leurs évolutions ravissaient tout le monde.

Elle apprécia aussi beaucoup la ronde effrénée des robots qui gesticulaient à travers la piste, formant un merveilleux kaléidoscope.

Tandis qu'ils dansaient, Carol essayait de se défendre contre les sensations exquises qui l'envahissaient peu à peu. Au début, Kevin s'était tenu à une distance raisonnable mais, à présent, à la faveur de la pénombre et sous les spots lumineux, il s'était rapproché d'elle jusqu'à épouser étroitement son corps.

Carol sentait grandir en elle une émotion à laquelle son partenaire n'était pas étranger. Comme elle tentait de se dégager de son étreinte, Kevin l'en empêcha, accentuant au contraire la pression de ses mains. Il ne lui avait pas menti, il dansait à la perfection.

La valse terminée, Carol s'apprêtait avec regret à suivre son cavalier jusqu'au buffet lorsque, à sa grande surprise, Kevin la garda dans ses bras, attendant manifestement que la musique reprît. Ravie, elle entama alors une danse médiévale dont les figures compliquées réclamèrent toute son attention. Carol s'évertua à suivre sans trop d'erreurs son cavalier et s'en tira fort bien.

Le reste de la soirée se déroula au son des mélodies les plus variées jusqu'au morceau final où, au grand désarroi de Carol, la musique contemporaine reprit ses droits. Kevin eut la délicatesse de lui épargner la périlleuse improvisation à laquelle tous les autres se livrèrent sans aucun complexe, avec plus ou moins de bonheur.

Le clou de la soirée fut atteint lorsque l'assistance décerna un prix au déguisement le plus original; à l'unanimité, le chevalier et son dragon furent élus. Carol exprima son désaccord à Kevin.

— Même s'il est affreux, le robot violet méritait la palme, sans aucun doute ! murmura-t-elle à l'oreille de son compagnon lorsque les applaudissements crépitèrent de toutes parts.

— C'est vrai qu'il est tout à fait réussi, bien qu'un peu démodé, se contenta-t-il de répondre en souriant devant la mine incrédule de sa compagne.

Carol se rendit compte que la soirée était finie lorsqu'elle vit tous les couples se diriger d'un pas allègre vers la sortie. Comme les lumières s'éteignaient une à une, la jeune femme se sentit soudain désemparée.

Il était temps de revenir à la réalité, mais elle n'en avait nulle envie !

— Laissez-moi vous remercier pour cette charmante soirée, déclara-t-elle en essayant d'adopter un ton détaché.

— C'était un plaisir, madame Sinclair ; comme vous le voyez, le port d'armes n'a causé aucun problème.

À sa grande honte, Carol dut reconnaître que le sujet lui était complètement sorti de l'esprit !

— C'est vrai. Tout s'est bien passé, finit-elle par dire. À présent, je dois m'en aller.

— Laissez-moi vous raccompagner.

— Ce n'est pas nécessaire, j'habite ici même. Bonne nuit, monsieur Corrigan.

Elle esquissa un geste pour prendre congé.

— Alissa...

Carol resta pétrifiée. Ce nom insolite qu'il s'obstinait à lui donner la laissa décontenancée. Elle le fut encore davantage lorsqu'il prit ses mains sans la quitter du regard.

— Que vous le vouliez ou non, fit-il, malicieux, je vais vous accompagner jusqu'à votre porte. Il ne sera pas dit qu'Altagor a laissé sa compagne s'aventurer seule dans un territoire étranger où, par surcroît, rôdent de dangereux Vikings !

Cette allusion à Holden fit taire les dernières réticences de la jeune femme. Il n'était pas exclu, en effet, qu'elle rencontrât cet individu douteux dans les couloirs de l'hôtel !

Sans mot dire tous deux parcoururent les couloirs, désertés à cette heure tardive. Comme ils croisaient quelques clients attardés, Carol tenta vainement de se dégager, de peur d'être reconnue.

— Je ne vous quitterai pas, dit-il d'une voix imperturbable.

Carol ressentit un choc en retrouvant l'atmosphère aseptisée des grands hôtels ; durant toute la soirée, grâce à la compagnie d'Altagor, elle avait oublié l'univers maussade que constituait sa vie ordinaire ; à présent, l'écho de leurs pas dans le vaste hall d'entrée l'attristait plus qu'elle ne voulait l'admettre. Tel est le prix à payer pour avoir voulu s'évader de la pesante réalité ! songea-t-elle amèrement tandis que Kevin, qui semblait deviner ses sentiments, resserrait ses doigts autour de sa main.

Cette soirée n'avait-elle été qu'une vaine escapade ?

Ils étaient maintenant arrivés devant son appartement. Le cœur serré, Carol retira la clef de son décolleté. Kevin ne l'avait pas quittée des yeux.

— Je l'aurais parié, dit-il. Quel manque d'imagination ! Et si des marauds vous avaient assaillie...

— Vous m'auriez défendue !

A son tour, elle avait pris un ton enjoué.

Kevin sourit.

— Voilà que vous vous laissez prendre... Sachez, chère Alissa, que dans cette autre réalité vous et moi avons écarté tout ce qui était susceptible de nous séparer ; à présent, nous sommes libres de nous aimer éternellement. Si vous voulez me suivre, je vous garderai comme un précieux trésor, je vous le jure !

Bouleversée par ces propos enflammés, Carol demeurait incapable de répondre. Kevin la scrutait comme si son sort dépendait des paroles qu'elle allait prononcer.

— Je... je ne comprends pas. Au revoir, Kevin, balbutia-t-elle.

En même temps, elle jeta un regard furtif dans le couloir, craignant qu'on ne les surprenne, et elle enleva son masque.

— Merci pour cette soirée, Alissa. Jamais je n'avais vécu des instants comparables.

Carol se demanda avec appréhension si Kevin arrivait à lire ses pensées, bien qu'elle s'efforçât de rester impassible ; il dut déceler un appel muet dans son regard car soudain il la prit par les épaules tout en la fixant de manière éloquente. Elle n'eut pas un geste pour le repousser. Voyant qu'elle fermait ses yeux, Kevin se pencha pour l'embrasser ; mue par un réflexe immémorial, Carol inclina doucement sa tête en arrière.

Aussitôt, leurs lèvres se joignirent. Ce baiser, le premier depuis longtemps, procura à la jeune femme un plaisir fou.

Etait-ce un signe d'adieu ou une invitation à prolonger cet instant ? Dans un élan irrésistible, Carol plaqua son corps contre celui de Kevin. Dès lors, elle ne put ignorer l'émotion grandissante de son compagnon. Dévorée d'un désir trop longtemps réprimé, elle noua ses bras autour de son cou et s'abandonna à son étreinte avec volupté. Ils s'embrassèrent longuement, ardemment. Bientôt, s'appuyant contre son épaule, elle murmura :

— Kevin, que nous arrive-t-il ?

— Quelque chose de merveilleux. Je savais que vous n'étiez pas insensible, mais vous m'avez fourni la plus belle preuve du monde! Jamais je n'oublierai...

— Vous reverrai-je demain? demanda-t-elle, émue.

— Demain et tous les jours, affirma-t-il.

En même temps, il posa ses lèvres sur chacune de ses paupières.

— Vers deux heures, reprit-il, il y aura une conférence qui promet d'être intéressante; j'ai pensé que vous aimeriez y assister.

Prise d'un vertige soudain, Carol acquiesça malgré l'épuisement qui la gagnait.

— Je crois qu'il est temps de nous séparer, maintenant. La nuit est déjà fort avancée.

Carol lui sut gré de sa délicatesse. Touchée de sa retenue, elle se jeta à nouveau dans ses bras, comme pour lui exprimer sa reconnaissance.

— Quelle soirée délicieuse! dit-elle enfin.

— Viendrez-vous à la conférence? demanda-t-il, anxieux.

— Je... je ne sais pas. Peut-être. Bonne nuit, Kevin, murmura-t-elle.

Avec regret, elle mit la clef dans la serrure sans faire de bruit.

— Bonne nuit, Alissa, dormez bien.

La jeune femme ouvrit la porte et la referma sans oser se retourner sur la silhouette toujours immobile dans le couloir; lorsqu'elle l'entendit s'éloigner, Carol verrouilla la porte, non sans éprouver un étrange sentiment.

Gravement, elle se dirigea vers le grand miroir et s'y regarda en étouffant un sanglot convulsif.

Alissa avait disparu. Devant elle se tenait soudain Carol Sinclair, une lueur réprobatrice dans le regard.

5

Le lendemain matin, Carol se réveilla en proie à une violente migraine. Elle regretta aussitôt de s'être conduite comme une enfant.

Subjuguée par les paroles de Kevin, elle avait failli le croire lorsqu'il lui avait parlé de cette fameuse réalité parallèle. Malheureusement, le monde n'avait pas changé pour autant ; les fantasmagories de la nuit dernière n'avaient réussi qu'à le rendre plus terne encore !

Elle songea alors au tableau qui l'avait tant charmée, la veille. En fait, ce cheval ailé ne représentait que vanité et illusion. A ce titre, il ne pouvait être que le messager de cruelles déceptions.

La jeune femme se débarrassa des menues tâches quotidiennes non sans penser avec émoi que, pour une soirée, elle avait incarné, sous le nom énigmatique d'Alissa, les rêves les plus secrets d'un homme... s'il fallait en croire Kevin !

Betty l'accueillit avec impatience.

— Alors, fit-elle, parlez-moi du bal d'hier soir ! Je sais déjà que vous vous êtes bien amusée, car vos yeux étincellent encore de joie ! Quel genre de costume aviez-vous ?

Devant une curiosité aussi franchement avouée, Carol se prêta volontiers aux questions que lui posa la jeune fille.

— Eh bien ! mon costume était identique à celui de M. Corrigan, expliqua-t-elle sans paraître remarquer l'étonnement teinté de stupeur qui se peignait sur le visage de Betty. Comme vous le voyez, Kevin Corrigan n'a guère d'imagination, malgré les apparences ! A part cela, le bal était très réussi. J'ai beaucoup appris sur la psychologie de ces gens et sur leur comportement.

A ces mots, Betty fut saisi d'un fou rire irrépressible qu'elle ne songea même pas à cacher.

— Qu'y a-t-il de drôle ? demanda Carol, surprise.

— Je suis désolée, madame Sinclair, mais vous parlez des invités comme s'ils sortaient d'un asile !

Malgré son irritation, Carol dut reconnaître la justesse de cette observation. Pourquoi s'en cacher ? Il est vrai qu'elle considérait les amateurs de science-fiction comme s'il s'agissait d'une espèce rare en voie de disparition.

— Ce n'est pas faux, mais que voulez-vous ? Des gens irréalistes à ce point resteront toujours un mystère pour moi.

— Voyez-vous, madame Sinclair, je parie qu'ils pensent exactement la même chose de nous, répondit Betty après un instant d'hésitation.

— Que voulez-vous dire ?

— Ce matin, l'un des participants m'a interpellée en ces termes : « Vous autres, sublunaires, vous ne savez pas vous amuser ! » N'est-ce pas incroyable ?

— Personnellement, je trouve que cette façon de nous nommer est charmante. Le tout est de savoir si nous pouvons trouver un terrain d'entente.

Carol avait de plus en plus de mal à cacher l'agacement que lui causait cette conversation. Il était temps de clore ce bavardage qui n'avait déjà que trop duré.

— Il n'en reste pas moins vrai, fit-elle, que nos amis comptent sur nous pour aplanir toutes leurs difficultés. A ce propos, M. Holden s'est-il déjà manifesté, ce matin ?

— Non, pas encore.

Soulagée, la jeune femme regagna son bureau en songeant que la meilleure façon d'oublier cette folle nuit consistait encore à se réfugier dans le travail.

Les quelques affaires qui l'attendaient furent vite expédiées, et Carol en profita pour envoyer des prospectus publicitaires vantant les mérites de l'hôtel hors saison, tâche qui incombait normalement à sa secrétaire. La dernière enveloppe dûment timbrée, la jeune femme se renversa sur sa chaise et, laissant libre cours à son imagination, elle songea à Kevin. Son visage souriant lui revint aussitôt à l'esprit, et elle évoqua avec émotion la douceur de ses lèvres.

Ce n'est qu'au prix d'un effort surhumain qu'elle réussit à secouer la délicieuse torpeur qui l'envahissait ; un rapide coup d'œil à sa montre lui indiqua que la première conférence allait bientôt débuter. Pourquoi n'irait-elle pas se rendre compte par elle-même ?

A coup sûr, ce serait plus instructif que de rester inutilement dans son bureau !

Joignant le geste à la parole, elle se leva et prévint Betty qu'elle s'absentait une heure ou deux.

— S'il se passe quelque chose, dit-elle, faites-moi appeler dans la salle de conférences.

Devant l'air éberlué de sa secrétaire, Carol se crut obligée d'ajouter une précision :

— J'ai l'intention de m'instruire. Peut-être devrions-nous abandonner notre triste condition de sublunaires ?

— Vous vous mettez au goût du jour, répondit la jeune fille en souriant. Je parie une semaine de salaire qu'il sera là, ajouta-t-elle sans que Carol pût démêler si sa secrétaire faisait allusion à Kevin Corrigan... ou à Ray Holden.

Une fois dans la salle de conférences, Carol choisit un siège, non loin de l'estrade. Au même moment, elle vit arriver une femme à l'allure insignifiante. Aussitôt, Carol se rappela l'avoir déjà vue dans les couloirs de l'hôtel ; jamais elle n'aurait cru qu'elle fît partie du congrès ! Ses cheveux attachés en un chignon strict lui donnaient un air sévère, ses vêtements, discrets mais raffinés, tranchaient sur les tenues extravagantes qui avaient cours. L'oratrice se dirigeait vers le podium sur lequel un carton blanc signalait ses nom et qualité : Henriette Croy, écrivain, délégation de l'Ohio.

Carol se demanda comment une femme qui approchait la cinquantaine, et d'allure si respectable, pouvait encore croire à de telles fariboles !

A en juger par le silence qui s'abattit soudain sur l'assemblée, on attendait sa communication avec impatience, sinon intérêt.

— Bonjour à tous ! dit-elle. Aujourd'hui, vous m'avez demandé de vous parler des différents domaines que recouvre le terme souvent décrié de science-fiction. J'aimerais que cette discussion prenne la forme d'un débat libre de tout préjugé ; aussi n'hésitez pas à intervenir, si vous en avez envie.

Tout à coup, Carol eut la certitude que Kevin venait d'entrer dans la salle ; elle s'efforça de concentrer son attention sur la conférencière, mais ce regard insistant qu'elle sentait posé sur sa nuque la rendait mal à l'aise. Elle continua néanmoins à écouter.

Bientôt, elle comprit pourquoi Kevin lui avait

conseillé ce rendez-vous ; les idées avancées par Henriette Croy n'étaient pas très éloignées des siennes, et il fallait reconnaître qu'elles ne manquaient pas de générosité !

— Dans notre vie quotidienne, expliquait-elle, nos relations avec les autres sont souvent très impersonnelles et, parfois, nous aimerions pénétrer les pensées intimes de ceux qui nous entourent. Il y a fort à parier que, d'ici la fin du siècle, nous serons en mesure de contrôler l'esprit humain. A supposer que nous connaissions les sentiments les plus secrets de nos partenaires, nous nous refuserions à les blesser, sachant quel mal nous leur ferions.

Ce préambule surprit Carol qui s'attendait à voir définir la notion de science-fiction.

— Il se trouve que les romans d'anticipation, continuait Henriette Croy, sont une tentative pour illustrer ces relations harmonieuses entre les êtres. C'est un idéal exigeant et tous n'y parviennent pas. Cependant, ce genre autrefois dédaigné, voire méprisé par les tenants de la littérature officielle, commence à être reconnu. Il n'est que de voir le succès remporté par ce congrès !

Elle embrassa la salle du regard.

Ce n'est qu'un aspect de la question, se dit Carol. Elle oublie de mentionner tous les récits d'épouvante ! Elle avait encore présents à l'esprit certains épisodes qui lui avaient fait horreur...

Elle regarda alors autour d'elle. A son grand regret, elle n'aperçut pas Kevin. Où était-il ?

La conférencière parlait maintenant de justice et d'équité. Evidemment, cette façon de considérer les rapports humains était tentante ; cependant ce n'était qu'un leurre...

Mue par une impulsion soudaine, Carol leva le main.

— Une question ?

L'oratrice marqua un temps d'arrêt.

— Oui ! J'ai écouté avec attention votre éloge de la science-fiction. Vous défendez avec beaucoup de conviction ce genre littéraire ; malheureusement, vous vous référez à un monde plus ou moins imaginaire. Les univers que vous évoquez n'existent pas. Il y a, hélas ! loin du rêve à la réalité... si bien que vous provoquez chez vos lecteurs un sentiment de frustration qui risque fort d'atteindre le but opposé.

Carol se rassit, gênée d'être le point de mire de toute la salle.

Henriette Croy sourit, visiblement habituée à ce genre d'objections. Elle ne semblait guère prise au dépourvu. Carol eut même l'impression de lui être sympathique.

— Votre scepticisme vous honore, chère madame, fit-elle après un temps de réflexion, mais vos paroles me rappellent celles des opposants à la création de l'automobile et de l'électricité. Sans avoir besoin de se reporter à des époques si anciennes, il n'est que de se souvenir des premières fusées envoyées dans l'espace. Qui aurait cru que l'homme pourrait un jour poser le pied sur la lune, sinon quelques doux rêveurs dans notre genre ? En fait, seule la croyance en un monde différent a rendu possibles ces fantastiques réalisations, sans lesquelles l'humanité n'aurait jamais progressé aussi vite.

— Sur un plan technique, bien sûr ; mais au début de votre exposé, vous avez surtout mentionné le problème des relations humaines, ce qui est un tout autre domaine, vous en conviendrez. Les hommes ne sont pas des robots.

Tout en parlant, elle éprouvait une secrète jouissance à l'idée que Kevin devait analyser ses moindres paroles.

— Ce que vous dites est tout à fait pertinent, concéda l'oratrice. Il n'empêche que le principe est le même. Une intuition bien conduite peut aussi permettre d'appréhender l'esprit humain. Prenons l'exemple de la télépathie ; ce type de communication a suscité bien des controverses ; pourtant il existe, on ne peut le nier.

Carol décida de ne pas poursuivre plus longtemps cet échange. Décidément, son point de vue personnel s'avérait incompatible avec celui de Henriette Croy, même si celle-ci était ouverte au dialogue !

De toute façon, l'altruisme n'avait jamais rien résolu en ce monde et, sous ses théories fumeuses, se cachait en fait un rêve plus vieux que l'humanité, le rêve enfantin de la toute-puissance de l'esprit sur la matière.

Mais comme l'avait dit un homme illustre, les faits parlaient d'eux-mêmes, et l'adversité se chargeait d'instruire l'homme trop confiant.

Carol pensa soudain à l'exemple de sa propre vie avec Andy. Si elle n'avait pas pris les devants en le quittant, que serait-il advenu d'elle ? La jeune femme tremblait rien que d'y penser. La félicité de leur première année s'était vite transformée en un leurre pitoyable, et elle n'avait pas eu besoin de la télépathie pour s'apercevoir que son mari ne changerait jamais ! Si ces gens veulent vivre leurs fantasmes, libre à eux ! se dit-elle en parcourant la foule d'un regard désabusé. Mais qu'ils n'entraînent pas les autres dans leurs vaines croyances !

Après un bref débat, la conférence prit fin. Peu après, l'assemblée se dispersa par petits groupes.

Désappointée, Carol remarqua l'absence surprenante de Kevin. Le rêve de la nuit dernière s'était bel et bien évanoui ! La jeune femme scruta la foule, espérant l'y trouver, mais en vain.

L'idée de regagner son bureau l'ennuyait au plus haut point, aussi se décida-t-elle à passer en revue les pièces où avaient eu lieu les festivités de la veille.

Le troisième étage était parfaitement en ordre. Elle ne constata aucun dégât. Elle s'apprêtait à prendre l'ascenseur quand, tout à coup, un homme de haute taille lui barra le chemin.

— Madame Sinclair ! Vous êtes très belle, aujourd'hui !

Avec déplaisir, Carol reconnut l'expression vulgaire de Ray Holden qui, bien que dépouillé de sa défroque, offrait le même aspect repoussant que pendant le bal.

— Dois-je conclure que je ne le suis pas, en temps habituel ?

— Ne le prenez pas ainsi. Je disais cela pour vous être agréable.

Sa voix altérée trahissait un début d'ébriété.

— Mais je crois que vous habitez ici, n'est-ce pas ? ajouta-t-il.

Embarrassée, la jeune femme essaya de couper court.

— Si vous voulez bien me laisser, mon travail m'attend, dit-elle.

Il plongea son regard vague dans les yeux de Carol.

— En tout cas, hier soir, vous n'aviez pas l'air aussi hautain, quand vous vous promeniez au bras de ce matamore, affirma-t-il.

— Que voulez-vous dire ?

— Vous savez très bien de quoi je veux parler ! Vous croyez que l'on peut tromper si facilement le vieux Ray ? Quand je pense que ce Corrigan a eu le culot de prétendre que vous étiez sa fiancée !

— Je... je vous prie de cesser vos insinuations injurieuses, protesta-t-elle, à bout de nerfs.

— Voyez-vous cela ! Il a cru me berner, mais je vous ai parfaitement reconnue, malgré votre déguisement. Une jolie femme comme vous ne passe pas inaperçue, je vous le jure. Que diriez-vous d'aller en ville, ce soir... Alissa ?

A ce nom, Carol blêmit. Si elle ne réussissait pas à

le neutraliser, nul doute que ce grossier personnage allait ameuter l'hôtel tout entier !

— Monsieur Holden, vous êtes parfaitement discourtois. De plus, vous avez absorbé trop d'alcool.

— Croyez-vous ?

Une étincelle s'était allumée dans ses yeux, et Carol prit peur. Elle ne savait comment se sortir de cette situation lorsqu'une voix retentit derrière elle.

— Tiens, ce cher Holden ! Comment allez-vous, depuis hier soir ?

Kevin s'inclina devant Carol.

Soulagée, elle faillit se jeter dans ses bras. Kevin Corrigan n'avait pas revêtu son costume, mais il n'en restait pas moins fort séduisant.

— Ah ! monsieur Corrigan, vous arrivez à point nommé ! Justement, il était question de vous.

Elle lança un regard furieux à Ray Holden qui n'en menait pas large.

— Vous ne semblez pas très heureux de me voir, dit Kevin. Aurais-je fait quelque chose qui vous déplaise ?

— Non, je suis seulement un peu fatigué après la soirée d'hier, marmonna-t-il.

— Si je comprends bien, le temps des conquêtes est terminé. Quelle malchance pour un Viking ! s'exclama Kevin sans paraître remarquer l'irritation de son interlocuteur.

Se détournant alors de Holden, il demanda à Carol :

— A quelle heure dois-je passer vous prendre pour aller au restaurant ?

— A sept heures, ce serait parfait, répondit-elle, espérant que celui-ci ne devinerait pas la supercherie. N'oubliez pas la liste des recommandations pour l'année prochaine !

Il lui adressa un clin d'œil complice.

— Madame Sinclair a eu la gentillesse de m'inviter à dîner ce soir, ajouta-t-il à l'intention de

Holden. Qui sait ? L'année prochaine, ce sera peut-être votre tour !

Carol prit rapidement congé tandis que Kevin savourait la défaite de son adversaire. A son tour, il le salua d'un air ironique.

— Je ne sais comment vous remercier, monsieur Corrigan, murmura Carol dès qu'ils furent hors de vue de l'importun.

— Je vous en prie, appelez-moi Kevin, comme hier.

Elle sourit, soudain émue à l'idée de se retrouver seule avec lui.

— Vous savez, dit-elle d'un air gêné, hier soir, il a parfaitement compris qui j'étais. Le fait que vous m'appeliez Alissa ne l'a nullement abusé.

— En tout cas, s'il vous ennuie à nouveau, ne vous laissez pas impressionner. J'ai entendu dire qu'il allait être muté à Chicago prochainement, si cela peut vous rassurer.

— Tant mieux ! J'avoue qu'il commençait à m'exaspérer, soupira-t-elle en s'arrêtant devant la réception. Eh bien ! encore merci ! Il est temps que je retourne travailler.

— Parfait ! Alors à sept heures, dit-il en s'inclinant.

Carol rougit devant l'audace de Kevin.

— Ecoutez... j'ai beaucoup apprécié votre intervention, mais ne vous croyez pas obligé de m'inviter à dîner.

— Ce sera un plaisir, au contraire. J'ai pensé que nous pourrions aller sur la jetée. Il paraît que les fruits de mer sont excellents.

— C'est impossible ; vous connaissez le règlement de l'hôtel.

— Rassurez-vous, nous parlerons affaires ; au début du moins, répondit-il avec malice. Acceptez, je vous en prie. De toute façon, c'était mon idée.

66

Holden m'a facilité les choses, voilà tout ! Si vous ne venez pas, je vais m'ennuyer mortellement.

Carol hésitait encore, mais la bonne humeur de son compagnon réussit à la convaincre.

— Eh bien ! si vous êtes sûr, d'accord !

— Certain. A une condition, toutefois !

— Laquelle ? s'exclama Carol sans réfléchir.

— Laissez flotter vos cheveux, je vous en prie. Vous êtes si belle ainsi !

— Puisque vous insistez.

— A tout à l'heure, chère Alissa. Et pas un mot à Holden !

Il disparut aussitôt dans le hall bondé, laissant Carol abasourdie par ses dernières paroles.

6

Vers sept heures, Carol était fin prête ; d'une démarche nerveuse, elle arpentait la salle de séjour, jetant de temps à autre de brefs coups d'œil en direction du miroir. Pour la première fois depuis des années, elle avait revêtu sa plus belle parure, une robe légère, couleur vert d'eau en taffetas qui nimbait sa silhouette. Avec son cache-cœur étroitement ajusté et ses cheveux libérés dont les pointes venaient caresser ses épaules dénudées, la jeune femme avait un charme printanier. Elle attendait beaucoup de cette soirée ; depuis son mariage, jamais elle n'avait accepté une telle invitation.

Peut-être avait-elle eu tort ? Elle virevolta une dernière fois devant le miroir afin de vérifier si sa toilette s'harmonisait avec le maquillage subtil qu'elle avait choisi en prévision de ce rendez-vous inattendu. Après tout, quel mal y avait-il à satisfaire si innocente requête ?

Elle songea avec amusement aux dernières paroles de Kevin, lorsque celui-ci avait insisté pour qu'elle laisse sa chevelure flotter librement.

Ravie de constater que cette robe accentuait de façon éclatante sa féminité, Carol compléta sa tenue en chaussant des sandalettes dorées dont les hauts talons soulignaient le galbe parfait de ses jambes bronzées.

La jeune femme était à la fois enchantée et désorientée par cette soudaine métamorphose mais, après tout, un homme si imprévisible méritait bien que l'on sacrifiât à ses fantaisies !

Par la baie vitrée du salon, elle contempla les rives grandioses du Mississippi dont les eaux miroitaient sous le soleil couchant. Penchés par le vent, les arbres de la berge se confondaient avec leurs reflets. Plus près, sur la pelouse, les plates-bandes s'épanouissaient sous les tendres rayons du soleil de mai.

Elle retourna d'un pas vif vers le miroir. Etait-ce une bonne idée d'avoir renoncé à sa coiffure habituelle ? La jeune femme ne savait plus que penser lorsque, tout à coup, elle entendit frapper à la porte. Pourvu qu'il ne soit pas déguisé en pâtre grec ! se dit-elle.

S'efforçant au calme, elle ouvrit la porte. C'était Kevin. L'air décontracté, les mains dans les poches, il portait un élégant costume de flanelle grise égayé par un carré de soie pourpre. Une épingle à cravate en or agrémentait sa tenue irréprochable qui démentait toutes les craintes de la jeune femme, largement justifiées par la réputation d'extravagance dont jouissait Kevin dans l'hôtel !

— Vous êtes très ponctuel ! Je suis prête, fit-elle avec malice.

— C'est ce que je vois. Carol, vous êtes vraiment resplendissante dans cette robe ! Quel honneur d'inviter à dîner l'unique déesse de Memphis !

— Que voulez-vous dire ?

— Vous n'avez pas entendu parler de *La Sirène du Mississippi* ? Quel beau film, pourtant ! Il est

70

temps que vous sortiez un peu, ma chère amie ; c'est un péché que de dissimuler une telle beauté dans les ténèbres d'un hôtel, fût-il international !

— Mais vous êtes aussi d'une élégance parfaite.

— Vous me flattez, répliqua-t-il.

Il posa alors un regard admiratif sur la silhouette de la jeune femme qui ne savait comment cacher sa confusion.

— Quel couple merveilleux nous formons ! ajouta-t-il en s'effaçant devant elle.

Le Pier était le restaurant le plus couru de la région, autant pour sa cuisine raffinée que pour son décor pittoresque. Il s'agissait d'un vieux navire à aubes, entièrement rénové, auquel on accédait par une passerelle d'aspect vermoulu. Comme l'espérait sans doute son hôte, Carol ne manqua pas d'être impressionnée.

— Je ne connaissais pas cet endroit. C'est absolument charmant ! s'exclama-t-elle dès qu'ils furent sortis de la Toyota grise que Kevin conduisait de main de maître.

— N'est-ce pas ?

Il lui prit aussitôt le bras pour la conduire vers l'embarcation majestueuse.

— Avez-vous déjà fait une excursion sur un bateau de ce type ?

De la main, il montra les multiples navires stationnés le long des berges du grand fleuve.

— En vérité, je n'ai jamais trouvé le temps, répondit-elle en secouant la tête.

Son compagnon l'observa d'un air réprobateur. Quelle incurie, alors que la ville de Memphis offrait aux visiteurs et aux habitants tant de curiosités !

— Je suppose que vous ne connaissez pas non plus Mud Island, dit-il d'une voix qui exprimait la plus sincère désolation. Ni même Beale Street !

— Oh ! si. Je me rappelle m'être promenée dans ce quartier, à mon arrivée.

— A la bonne heure ! Et à quelle époque ? demanda-t-il manifestement incrédule.

— Oh ! Il y a environ trois mois.

— Je vois. Eh bien ! depuis, la ville a décidé de rénover Beale Street de fond en comble, et particulièrement les théâtres. Ce n'est que justice, d'ailleurs ; ces édifices vénérables ne méritaient pas d'être laissés à l'abandon.

En son for intérieur, Carol se demandait pourquoi Kevin devenait si sentimental à propos de ces vieux bâtiments, mais elle ne lui posa aucune question. Il était inutile de creuser le fossé qui existait déjà entre eux. Cette soirée commençait sous les meilleurs auspices. A quoi bon la gâcher ?

D'un pas lent, tous deux se dirigèrent vers le bateau illuminé par de nombreuses guirlandes qui couraient le long du bastingage. Les derniers feux du soleil couchant faisaient naître une myriade d'étincelles qui jouaient à l'infini entre les interstices des immenses roues à aubes rouge et blanc. Carol dut admettre que ce spectacle chatoyant donnait une envie folle de partir en croisière sur le célèbre fleuve !

— Dans quelques semaines, mon emploi du temps sera un peu moins chargé, dit-elle à brûle-pourpoint. A ce moment-là, je pourrai me permettre de visiter la ville de fond en comble.

— Je demande à voir, répondit-il aussitôt. Il m'est impossible de concevoir que l'on puisse vivre dans un endroit aussi ravissant sans songer une seconde à le connaître mieux ! Je vais finir par croire que vous avez vécu en recluse. Heureusement que vous m'avez rencontré !

Il sourit devant l'embarras manifeste de la jeune femme.

Carol était absolument d'accord avec ce que lui

disait Kevin, mais elle se refusa à en convenir ouvertement. Après tout, sa méconnaissance des lieux ne constituait pas un délit !

Elle se remémora son arrivée en catastrophe à Memphis. Elle n'avait guère eu le temps de musarder ! En fait, elle avait consacré toute son énergie à asseoir son autorité dans l'hôtel Merryweather. Dès le premier jour, elle avait dû faire face aux responsabilités qui lui incombaient et, pour cela, chasser de son esprit ce qui l'attachait encore à son existence passée avec Andy.

Oublier ses illusions n'avait pas été chose facile. En vérité, cette affectation avait représenté sa seule chance de revenir à une vie normale. A cette époque, Carol avait eu besoin de toutes ses forces pour refaire surface et n'avait pas songé à se distraire.

— Vous allez voir, Carol, l'intérieur est magnifique ! Ils ont même laissé des moteurs ! déclara Kevin d'une voix enthousiaste tandis qu'ils enjambaient le bastingage.

— Vous allez peut-être m'apprendre qu'ils font la cuisine avec de l'huile industrielle ?

— Décidément, Carol, vous ne vous déferez jamais de votre pessimisme !

— Vous n'y êtes pas, Kevin ! répliqua-t-elle en riant. Je ne fais qu'obéir à vos préceptes en imaginant la cuisine sous l'angle de la science-fiction.

— Bravo, chère amie, vous avez gagné ! Mais j'aurai ma revanche, n'en doutez pas ! répondit-il à mi-voix tandis que le maître d'hôtel leur désignait une table en bois joliment décorée, près d'une écoutille.

Pendant que Kevin examinait le menu, Carol laissait errer son regard sur la salle à manger ; enchevêtrés, des filins et des cordages de chanvre descendaient du plafond boisé. On y avait suspendu des fanaux qui étoilaient de lueurs la pénombre de la pièce. Emerveillée par ce décor inattendu, la jeune femme se félicita d'avoir accepté cette invitation.

— Si vous aimez le poisson, le loup au fenouil est succulent, suggéra Kevin. Mais regardez vous-même !

Elle repoussa la carte qu'il lui tendait :

— Je vous fais confiance, dit-elle. Excusez-moi de vous avoir un peu taquiné, tout à l'heure. Comme vous vous en doutez, je n'ai guère l'habitude de sortir.

— Je constitue donc une exception ? Eh bien ! je suis enchanté que vous ayez fait une entorse à vos principes.

Son regard brilla d'un éclat soudain.

Carol sentit le sang affluer à ses joues.

— Kevin ! Je croyais qu'il s'agissait d'un dîner d'affaires !

— Allons donc ! Ce n'était qu'un prétexte pour nous débarrasser de Holden, vous le savez bien !

— Mais...

— N'êtes-vous pas heureuse que je vous ai délivrée de cette prison que constitue votre hôtel ?

— Cet hôtel n'a rien d'une prison ! protesta-t-elle, touchée par le ton ironique de ses paroles. Quant à moi, je suis une femme d'affaires et non une aventurière, comme vous semblez le supposer.

— C'est votre point de vue, admit-il en souriant. Le mien est tout autre...

Kevin s'interrompit soudain sans quitter des yeux la jeune femme. Il n'avait nul besoin de s'exprimer. Son regard ardent parlait pour lui. Troublée par cette inquisition, Carol baissa les paupières.

En cet instant précis, deux femmes coexistaient en elle ; l'une d'elle, consciente du danger qui la menaçait sous la forme de cet homme séduisant, aurait voulu se dérober ; l'autre, qui ne laissait pas de la surprendre, était sensible au charme de ce mystérieux compagnon. Quel dilemme !

— Que disiez-vous ? dit-elle afin de rompre le silence embarrassant qui commençait à s'instaurer.

— Vous vous obstinez ! Eh bien ! dans ce monde fantaisiste que mon esprit conçoit, vous êtes une aventurière à qui le sort réserve un destin éblouissant. Dans cette réalité que vous refusez, vous êtes mon amie et ma compagne. Si vous le vouliez, vous pourriez être plus encore, ajouta-t-il en baissant la voix.

Pour la seconde fois, cet aveu non dissimulé la troubla, Carol ne sut que répondre. La tendresse dont il l'entourait était telle qu'elle ne put se résoudre à le reprendre. En fait, elle s'aperçut vite qu'elle n'en avait aucune envie. Bien au contraire, elle désirait qu'il lui fît la cour et elle en éprouvait le plus grand plaisir.

— Kevin, vous me gênez terriblement.

Elle espéra qu'il comprendrait son émoi.

— Comme il vous plaira. Depuis combien de temps travaillez-vous dans l'hôtellerie ? dit-il pour faire diversion.

Il avait adopté un ton radicalement différent ; elle le remarqua.

Prise de court, la jeune femme tenta alors de reprendre ses esprits.

— Sept ans, à peu près.

— Etes-vous satisfaite ?

Si elle était satisfaite ? Carol ne se l'était jamais demandé !

— Vous allez rire, mais je n'ai jamais envisagé cet aspect de la question. Je crois que je le suis ; néanmoins, je n'ai pas le choix. C'est un emploi comme un autre.

— Pour vous, ce n'est donc qu'un travail ?

Carol s'aperçut que son interlocuteur ne partageait pas son avis.

— Oui ! Quel mal y a-t-il à cela ?

— Rien. Simplement, je pensais qu'une femme

de votre valeur aimerait une activité plus... gratifiante, dirais-je.

— Vous croyez ? Mais je dois en priorité subvenir à mes propres besoins ! A mon avis, le gîte et la nourriture passent avant l'accomplissement de soi.

— Bien évidemment, concéda-t-il. Cependant, vous avez un tel potentiel, une telle force !

— J'aime beaucoup mon travail, et je m'efforce de l'effectuer du mieux possible. C'est loin d'être évident. Holden n'est pas seul dans son genre, et de tels individus ne me laissent que peu de temps pour rêver à d'improbables améliorations.

— Eh bien ! je suis précisément là pour vous faire rêver, pour donner un essor nouveau à vos idées, pour vous aider à les réaliser. Voyez-vous une autre raison à ma présence ?

Il parlait avec véhémence, comme s'il voulait la convaincre de l'existence d'un monde meilleur.

— Si nous parlions un peu de ma réalité, monsieur Corrigan ?

La jeune femme s'efforçait d'avoir l'air détendu.

— Accordé, répondit-il en lissant sa barbe d'un geste malicieux.

— Diriger un grand hôtel n'est pas chose facile, commença Carol tout en sachant qu'elle aurait du mal à faire triompher son point de vue. Les congrès représentent le principal écueil de ce métier.

— Partout où des gens se réunissent, il y a des congrès. C'est inévitable.

— Et de ce fait, on y rencontre des personnes originales, pour ne pas dire bizarres. Vous ne pouvez pas imaginer les spécimens que je suis obligée de côtoyer toute l'année !

— Oh ! si ! A commencer par nous autres, drôles d'oiseaux qui lisons de la science-fiction au lieu de nous conduire de manière raisonnable.

— Absolument, acquiesça-t-elle en riant. Des

êtres irréels qui portent d'étranges costumes et se déplacent armés jusqu'aux dents.

Elle ajouta dans un soupir :

— Difficile de s'y habituer, en vérité. Cependant, pour être tout à fait équitable, je dois dire que vous n'êtes pas les seuls à occasionner des troubles !

— Tiens ! Nous avons des émules ? Sincèrement, j'imaginais que nous étions les seuls à créer un peu d'animation dans ces grands hôtels lugubres.

— Eh bien ! détrompez-vous ! Vous êtes les plus fantaisistes, et de loin, mais vous n'avez pas l'exclusivité. C'est compter sans les joyeuses bandes de bacheliers qui viennent fêter leur diplôme, au début de l'été. Cependant, je suis injuste ; ils sont absolument charmants quoiqu'un peu excités.

— Si vous continuez, je vais être jaloux de tous vos clients !

— Et ce n'est pas fini ! Je n'ai pas encore évoqué les ravages que nous font subir les voyageurs de commerce, tous les vendredis soir. Pour être claire, sachez que nous avons dû équiper les tabourets du bar de ceintures — personnalisées, s'il vous plaît ! — afin d'éviter les chutes malencontreuses dues à une trop grande absorption d'alcool. D'ailleurs, cette charmante coutume nous vient tout droit du Texas. Nous avons dû y apporter quelques modifications mais, dans l'ensemble, ce système ingénieux fonctionne parfaitement. En tout cas, aucun d'eux n'est encore venu se plaindre !

— Continuez, supplia Kevin. C'est tout à fait fascinant !

— Nous recevons aussi des dames respectables qui adorent prendre leur petit déjeuner en compagnie de charmants dobermans, des jeunes mariés qui se boudent à longueur de journée ainsi que les traditionnels gamins qui jouent aux Indiens et aux cow-boys dans le hall, sans compter les éternels mécontents... On en voit vraiment de toutes les couleurs, conclut-elle tandis que le maître d'hôtel venait prendre leur commande.

— Ce que vous me racontez est à proprement parler terrifiant ! A vous entendre on imagine un véritable enfer ! assura-t-il, impressionné par les responsabilités qui pesaient sur les épaules de la jeune femme. Et puis-je vous demander ce qui vous a amenée à Memphis ? Car vous n'êtes pas d'ici, n'est-ce pas ?

Dans un geste familier, il posa sa main sur celle de la jeune femme.

Ce contact chaleureux décida Carol à se confier, malgré sa défiance naturelle.

— Non, en effet. Je suis originaire de Phoenix, en Arizona. Mes parents sont tous deux professeurs de physique et de chimie, et leur métier passe avant tout. Lorsque je me suis mariée, je les ai perdus de vue ; ils n'étaient pas du tout d'accord avec ma nouvelle existence.

— Je vois, déclara Kevin qui avait repris tout son sérieux.

— Bien sûr, je ne les ai pas écoutés. Ils m'avaient pourtant bien prévenue. Voyez-vous, l'éducation qu'ils m'ont donnée était des plus strictes, et j'avais envie de m'amuser !

— Quoi de plus naturel ?

— A l'époque, je n'avais aucune expérience, et l'homme que j'ai épousé, Andy, avait tendance à considérer la vie comme un divertissement. Quelle erreur de lui avoir fait confiance !

— Vous vous êtes mariée très jeune, dit-il pour l'encourager à poursuivre.

— Oui. Lorsque j'ai rencontré Andy, j'étais follement éprise, continua-t-elle après une brève hésitation. Comme je vous l'ai dit, mes parents ne sortaient guère du milieu universitaire. Pour eux, le monde n'était qu'un vaste terrain d'expérimentation, et ils ne se souciaient guère des passions qui

agitent ses habitants. Ma seule chance de m'imposer était de m'écarter d'eux.

— La vieille école !

Pendant quelques secondes, Carol se demanda ce
que Kevin voulait dire mais, résolue à ne pas se
laisser troubler, elle ne tint pas compte de sa
remarque.

— A ce moment-là, j'ai rencontré Andy. C'était un
joyeux drille. Nous sommes beaucoup sortis, pendant notre première année de mariage. Andy était
surtout fasciné par la nouveauté, et je le suivais
partout sans crainte, jusqu'au jour où j'ai pris
conscience que, dès qu'il rencontrait un obstacle
sérieux, il se dérobait.

— C'est-à-dire ?

— Vous n'imaginez pas le nombre de factures
impayées que j'ai dû régler ! A la fin, il a même cessé
de travailler.

Elle hocha la tête, attristée.

— Je suis tombée amoureuse de lui lors de notre
première rencontre. Pour moi, il incarnait la fantaisie et l'insouciance. Mes parents étaient si étriqués,
dans leur petit monde ! Andy m'a fait pénétrer dans
un autre univers : malheureusement j'étais trop
jeune pour en percevoir la fausseté et la vanité,
conclut-elle en soupirant.

— Vous aurait-il quittée ? murmura Kevin d'un
ton compréhensif.

— En quelque sorte. Un jour, comme je rentrais à
la maison, je l'ai trouvé en train de faire les bagages.
Je n'ai pas pu me décider à partir. Mon travail
représentait alors la seule chose stable dans mon
existence ; je n'ai pas eu le courage d'y renoncer
pour le suivre une fois de plus dans ses chimères. Je
lui ai demandé de choisir...

— Et il est parti ?

— Exactement. Il y aura bientôt quatre mois. J'ai
eu la chance de trouver cet emploi à Memphis,

aussitôt après notre rupture. Voilà ! Maintenant, vous savez tout !

— Pourquoi vous êtes-vous éloignée de vos parents ? Ils auraient dû être contents de vous voir libre !

— Justement ! Ils triomphaient un peu trop à mon goût. Dans leurs yeux, je pouvais lire la réprobation. J'étais parfaitement consciente d'avoir fait une erreur, mais je n'avais pas besoin qu'on me la rappelle constamment.

— D'après votre description, ils n'ont pas l'air si redoutables, pourtant.

— Je n'ai jamais dit qu'ils l'étaient ! répliqua-t-elle après un court instant de surprise. L'ennui est que, à leurs yeux, seuls les faits ont de l'importance. Parfois, j'en arrive à haïr la science et tout ce qu'elle symbolise !

— Mais la science, telle que je l'entends, n'a rien à voir avec une vision désespérée de l'existence ; pour moi, elle suppose une certaine imagination. L'observation est certainement nécessaire, mais elle ne peut pas tout remplacer.

— Tel n'est pas le point de vue de mes parents, déclara Carol afin de clore cette conversation qui commençait à l'ennuyer.

— Pensez donc à Einstein. Voilà un homme imaginatif ! La plupart des physiciens considèrent l'imagination comme leur source la plus féconde. Prenez, par exemple, la théorie des quanta...

Elle le regarda, étonnée.

— Que savez-vous des problèmes des physiciens ?

— Il se trouve que j'en suis un moi-même, finit-il par dire, amusé.

Carol n'en croyait pas ses oreilles. Cette fois-ci, son interlocuteur dépassait les bornes !

— Vous, un savant ! s'exclama-t-elle. Vous vous moquez de moi, Kevin ! Jamais un savant digne de ce nom n'oserait se promener en public dans pareil costume, ajouta-t-elle en cherchant à imaginer un physicien dans la tenue de Conan le Barbare. Non, décidément...

— En dépit de ce que vos parents vous ont inculqué, Carol, sachez au moins une chose : l'imagination est un des principaux facteurs qui font avancer la science. Vous ne semblez pas me croire, mais je me rends assidûment aux congrès de science-fiction à seule fin d'exercer mon imagination, qualité indispensable à mon métier de vulgarisateur. Chacun de mes livres touche une grande variété de publics. Comment voulez-vous que des profanes puissent lire mes ouvrages si je ne parle pas à leur imagination ? Même dans le domaine de la recherche pure, elle joue un rôle considérable !

Kevin s'exprimait avec tant de conviction qu'il réussit à convaincre Carol. Il avait le même ton sincère que lorsqu'il l'avait appelée Alissa... Après tout, pourquoi rester confinée dans un univers peuplé de vérités froides et abstraites, presque inhumaines à force de rigueur ?

Observant alors le décor de la salle à manger avec des yeux neufs, Carol y vit un fantastique vaisseau spatial qui l'emmenait avec Kevin dans une merveilleuse aventure. La profession de foi de son compagnon lui ouvrait les yeux. De multiples possibilités s'offraient à elle. Il lui suffisait d'en profiter, et Kevin saurait la guider.

Elle ferma alors les paupières pour mieux savourer cet instant unique.

Elle reprit pied avec la réalité lorsque le serveur déposa sur la table un plat de poisson très appétissant. Tandis qu'il s'affairait, Kevin et Carol échangèrent un long regard qui en disait long sur ce qu'ils ressentaient. Carol s'émut. Très loin, enfouie en elle, une voix lui disait qu'elle était sur le point de se tromper à nouveau mais, en même temps, les yeux de Kevin la persuadaient du contraire.

Que faire ? Enfermée dans ce dilemme, la jeune femme hésitait.

Après tout, si les faits étaient dépourvus de toute signification profonde, pourquoi ne pas choisir la réalité qui lui souriait le plus ? Pourquoi ne pas pénétrer dans l'univers magique où Kevin semblait vouloir l'appeler ? Bien que ce raisonnement fût un peu hasardeux, Carol résolut de tenter sa chance.

Rassérénée, elle éleva son verre, et tous deux portèrent un toast à leur avenir.

7

— Merci pour ce dîner. Le cadre était superbe, et j'ai rarement mangé poisson aussi délicieux.

S'étirant sur le siège de la Toyota, la jeune femme contempla la route qui défilait devant eux à vive allure.

Kevin se tourna alors vers elle.

— C'est vrai, mais je crois que votre compagnie y était pour beaucoup.

Carol rougit, heureuse que la pénombre de la voiture dissimulât son trouble. Ces compliments la gênaient, et ces manières lui rappelaient son ex-mari. Depuis leur rupture, elle avait une fâcheuse tendance à se méfier des belles paroles.

— Dites-moi, Kevin, pourquoi vous aimez tant la science-fiction ? demanda-t-elle afin de changer de sujet.

— Pourquoi je lis de la science-fiction ? Vaste programme ! Je crois que c'est avant tout par souci de liberté. Comme votre cher Pégase, j'ai besoin de me surpasser sans cesse, d'expérimenter de nouvelles réalités.

— Mais justement ! s'exclama-t-elle. Ces réalités n'existent pas, elles ne vous mèneront donc nulle part. Pourquoi accordez-vous donc tant d'importance à l'imagination ? ajouta-t-elle, curieuse d'entendre sa réponse.

— Je ne fais que suivre l'enseignement des penseurs orientaux. D'après leur doctrine, tout n'est qu'illusion, y compris la vie elle-même ; ils conseillent de se détacher du monde matériel.

— Franchement, je ne comprends pas ce point de vue. Chacun doit trouver un intérêt dans l'existence ou du moins essayer d'y parvenir. A quoi bon vivre, sinon ?

— C'est là où je m'éloigne quelque peu de leur théorie, répliqua-t-il en souriant. Si la vie n'est en effet qu'une suite absurde de mirages, pourquoi ne pas choisir celui que nous préférons ? Comprenez-vous ?

— Evidemment, votre façon de voir les choses est tentante, mais je ne crois pas qu'elle puisse résister à l'épreuve de la réalité.

En son for intérieur, elle ne demandait qu'à être convaincue, mais cette vision paradisiaque lui paraissait inconcevable.

— Voyez-vous, Carol, j'ai la nette impression que la vie n'a pas été facile pour vous, et j'en suis profondément désolé, mais vous devez apprendre à maîtriser votre destinée. Sachez que votre vie vous appartient ; vous pouvez la modeler comme vous le voulez. Alors, oubliez le passé !

— Facile à dire !

— Croyez-moi, Carol.

La manière dont il prononça son nom lui procura un plaisir indicible.

— Je vous le répète, vous devez vous assumer, reprit-il sans se soucier de l'expression sceptique qui se peignait sur le visage de son interlocutrice.

— A vous écouter, on croirait qu'il ne tient qu'à

moi de devenir une cantatrice mondialement connue !

— N'exagérons rien. Mais pourquoi pas ? Il suffit de le vouloir.

Décidément, Kevin ne lui ferait grâce de rien ! Pourtant, que savait-il de ses aspirations ?

— Il m'est difficile d'accorder foi à vos dires, murmura-t-elle, soudain très lasse. Si je prends un exemple que je connais malheureusement bien, celui de mon mariage, je suis obligée de constater qu'il a été un échec ; notre lune de miel a été éphémère, et toutes mes tentatives pour prévenir ce désastre se sont avérées inutiles.

Elle détourna la tête pour cacher ses larmes naissantes.

Pourtant, elle aurait aimé partager ses vues. S'il existait un monde parfait, comme Kevin paraissait le croire, il devait être merveilleux d'y vivre ! Mais hélas ! la vie se chargeait de les rappeler à la réalité ! Ne l'avait-elle pas appris à ses dépens ?

— Les événements n'ont en soi aucune importance, conclut-il comme ils arrivaient devant l'hôtel. C'est la manière de les appréhender qui décide du cours de notre vie.

La voiture s'était immobilisée. Kevin coupa aussitôt le contact sans ajouter un mot, comme s'il avait peur de troubler le silence enchanteur de cette nuit printanière. Carol ne pouvait détacher son esprit de cette soirée mais, déjà, son compagnon lui ouvrait la portière d'un geste obligeant. Soudain embarrassée, elle s'efforça de poursuivre la conversation tandis qu'il lui tendait la main pour l'aider à sortir de la Toyota.

— Vos arguments me paraissent bien abstraits, Kevin, même si vous me semblez animé d'une grande générosité.

— Au contraire, ils sont résolument concrets ! Il prit alors la jeune femme par la taille tandis qu'ils se dirigeaient lentement vers l'entrée de l'hôtel.

— Ainsi, il y a plusieurs façons d'envisager cette nuit, murmura-t-il à son oreille. Pourtant, il s'agit bien de la même nuit douce de mai...

— Kevin, n'oubliez pas qu'il ne s'agissait que d'un dîner d'affaires !

Sa voix se mit à trembler, comme chaque fois qu'elle proférait un mensonge manifeste.

— Pour vous peut-être, Carol ; mais pas pour moi.

— Que voulez-vous dire ?

— Vous le savez parfaitement !

Son regard était si éloquent que Carol ne pût se méprendre sur le sens de cette dernière remarque.

— Si nous allions nous asseoir un peu au bord de la piscine ? La nuit est si calme !

— Volontiers.

La cour intérieure qui abritait le bassin était déserte. Kevin avisa deux chaises longues sous un palmier faiblement éclairé par un réverbère en fer forgé.

— Cet endroit vous convient-il ?

— Tout à fait, répondit-elle en se demandant ce que Betty pourrait penser si elle les voyait.

— Voyez-vous, je crois savoir pourquoi vous ne lisez pas d'ouvrages de science-fiction, reprit-il.

La pénombre dissimulait ses traits, rendant son visage plus mystérieux encore.

— Avez-vous essayé, au moins ?

— A vrai dire, non. Mon métier m'absorbe tellement que je n'ai pas le temps de lire.

— Je vois. Pourtant, ce n'est pas votre seule préoccupation dans la vie. Quelle est la vérité, Carol ? Votre vérité ?

A ses mots, la jeune femme se troubla.

Il est vrai qu'elle n'avait jamais voulu faire carrière à tout prix ! Jamais les contraintes de son métier ne l'avaient empêchée d'entrevoir une union paisible à laquelle toute femme aspire. Seul l'échec de son mariage l'avait conduite à envisager la solitude. Son mari s'était montré si imprévisible et inconstant que l'espoir de fonder un foyer, pourtant bien légitime, l'avait quittée. Et si elle y songeait parfois, c'était dans une optique tout à fait dénuée de poésie.

Soudain, Carol se rappela une phrase qu'elle avait souvent lue pendant son adolescence sans peut-être en avoir jamais vraiment compris les implications ; se laisser aller à aimer revenait à devenir prisonnier du destin. Autrement dit, amour ne rimait pas forcément avec toujours !

Mais comment le faire comprendre à Kevin ?

Imperturbable, celui-ci attendait manifestement une réponse convaincante.

— Eh bien ! oui, ma carrière passe avant tout, finit-elle par dire.

Kevin demeura muet pendant quelques minutes qui parurent très longues à la jeune femme. Elle craignit de l'avoir déçu, et regretta ces paroles irréfléchies.

— C'est étrange, déclara-t-il soudain. Savez-vous que vous me rappelez étonnamment l'une des héroïnes de Boris ?

— Boris ? demanda-t-elle, déconcertée.

— Mais oui. Boris Vallejo ! Je vous en ai déjà parlé. Il dessine des couvertures de livres de science-fiction.

Carol acquiesça sans comprendre où il voulait en venir.

— Ah ! oui. Je me souviens.

— Eh bien ! L'un de ses portraits vous ressemble de manière saisissante. Il s'agit d'une guerrière...

Elle l'interrompit, incrédule.

— Comme celles que nous avons vues dans la galerie ? Ce n'est pas flatteur !

— Mais non, voyons ! Je n'ai pas l'intention de

vous comparer à ces gravures criardes qui apportent de l'eau au moulin de nos détracteurs. Les héroïnes de Boris sont belles de manière réaliste, celle-ci est ravissante ; elle porte de longs cheveux blonds entourés d'un bandeau pourpre.

— Il est curieux de vous entendre parler de réalisme !

— Je veux dire que Boris dessine superbement bien, reprit-il d'une voix douce. En tout cas, cette femme exceptionnelle chevauche un magnifique destrier. On croirait que l'artiste vous a prise comme modèle !

— Vous m'en voyez ravie...

— J'ai d'ailleurs une reproduction de cette peinture dans mon appartement, à l'hôtel. Voulez-vous la voir ?

En même temps, il caressa la paume de la main que Carol lui abandonnait.

— Mais...

— Je vous en prie, Carol, venez ; vous ne le regretterez pas !

— Eh bien ! d'accord. Après tout, je suis curieuse de voir sous quelle forme je hante vos rêves.

Une étrange appréhension l'envahissait peu à peu.

Les yeux de Kevin étincelèrent dans l'obscurité.

— Si nous y allions tout de suite ? proposa-t-il.

Il serra plus fort la main de la jeune femme.

Carol observa gravement le reflet mouvant de la lune qui jouait à la surface de la piscine, puis, se ressaisissant, elle suivit son compagnon sans rien dire qui pût trahir ses pensées intimes.

Fort heureusement, ils ne rencontrèrent personne dans les couloirs de l'hôtel. Kevin glissa sa clef dans la serrure d'un geste sûr, puis s'effaça devant son invitée. Dès que la lumière fut allumée, il lui désigna un fauteuil.

Elle s'y laissa tomber sans même jeter un regard autour d'elle.

— Faites comme chez vous, dit-il en riant, je reviens tout de suite !

La jeune femme était si troublée qu'elle avait complètement oublié le but de sa visite. Nerveuse, elle croisa ses jambes tout en observant d'un œil distrait Kevin qui passait en revue les rayons de sa bibliothèque. Après avoir posé quelques livres sur la table basse, il s'éclipsa vers un meuble situé au fond de la pièce et revint bientôt, deux verres de cognac à la main.

— Tenez, j'ai pensé que vous apprécieriez un petit digestif, après ce bon repas, dit-il en s'asseyant aux pieds de la jeune femme.

Carol examinait avec curiosité une couverture bariolée qui représentait une ravissante femme blonde dont les cheveux descendaient en cascade jusqu'à la taille ; à moitié nue, cette créature superbe et farouche chevauchait fièrement un animal fabuleux dont la silhouette rappelait vaguement celle d'un dinosaure. Carol réprima un frisson involontaire.

— Pour avoir dompté cette chimère, elle doit avoir elle-même un pouvoir maléfique, reprit-elle.

— Les dames du temps jadis avaient des secrets qui les rendaient invincibles.

— En tout cas, cette femme est très belle ; elle respire la force et l'indépendance.

— Ah ! vous en convenez ! Mais ce n'est pas celle que je voulais vous montrer, ajouta-t-il en tournant quelques pages. Tenez, la voici !

Carol retint son souffle devant l'image qu'il lui montrait du doigt. Cette fois-ci, il ne s'agissait pas d'une gravure tape-à-l'œil comme elle en avait tant vu à l'exposition, la veille ; la cavalière était belle et féminine, sans paraître pour autant ni faible ni vulnérable. Vêtue d'un simple pagne en daim et d'un foulard noué autour du buste, l'inconnue portait sur son visage bien dessiné l'expression d'une grande intrépidité. Armée d'une longue épée, elle était orgueilleusement juchée sur un cheval fougueux. Aux yeux admiratifs de Carol, cette femme énigmatique semblait prête à tout.

— Elle est superbe, murmura-t-elle, oubliant que son compagnon s'était permis de la comparer avec elle-même.

— Elle a votre charme, votre allure, lui murmura-t-il à l'oreille. A ceci près que vous êtes plus belle encore.

— Ne dites pas de sottises ; je ne lui ressemble pas du tout. Oh ! Peut-être un peu les cheveux...

— Songez, Carol, que je n'ai jamais eu le plaisir de vous voir dans un tel costume, mais je parie qu'il vous irait à ravir...

Il serra un peu plus sa main qu'il retenait prisonnière.

Un désir violent s'empara de la jeune femme. Elle baissa les paupières et, instinctivement, se tourna vers lui.

D'un geste tendre, il l'attira contre sa poitrine et l'embrassa longuement tandis qu'elle étouffait un petit cri de volupté. Ses lèvres étaient douces et chaudes. Autour d'eux, le monde s'évanouissait soudain pour ne plus laisser place qu'à leur étreinte.

Un long moment, le temps fut suspendu à leur désir. Kevin tenait la jeune femme serrée contre lui ; elle entendait les battements désordonnés de son cœur se joindre au sien, formant une symphonie inconnue et bouleversante. Soudain pleine d'audace, Carol chercha à se fondre plus étroitement dans son étreinte, comme si elle avait enfin trouvé le refuge qui lui avait si longtemps paru inaccessible. Aussitôt, Kevin la souleva de terre puis, emporté par le tumulte de ses sens, il la déposa sur le grand lit, au fond de la pièce. Loin de protester, elle entoura sa nuque de ses bras afin de se blottir contre lui.

Il entreprit alors de défaire les boucles dorées de ses sandalettes ; Carol sentit avec émotion ses doigts attentionnés qui effleuraient ses chevilles.

— Laissez-moi faire, Carol, dit-il à mi-voix, vous êtes si belle !

A cet instant, la jeune femme ne cherchait plus à saisir le sens de ses paroles. Elle restait immobile, étendue sur le lit, essayant de discerner les traits familiers du visage de Kevin dans la pénombre qui baignait la pièce d'une lueur irréelle.

— Je n'ai jamais vu une femme plus belle que vous, répéta-t-il en la contemplant d'un regard adorateur.

— Mais non, c'est une illusion, répondit-elle, en proie à un trouble étrange.

Carol eut l'impression que sa voix n'était que l'écho assourdi de celle de son compagnon.

Auparavant, la jeune femme n'avait guère prêté attention à sa beauté mais, aujourd'hui, grâce à l'atmosphère magique qu'avaient tissée autour d'eux les compliments de Kevin, elle sentait poindre en elle la certitude d'incarner le rêve le plus cher de son compagnon ; s'il lui était donné de mériter ce prénom féerique d'Alissa dont il l'avait déjà amoureusement baptisée, que pourrait-elle demander de plus à l'existence ?

A cette pensée, Carol se redressa fièrement, et il lut dans ses yeux un appel qui le fit frémir. Pour toute réponse, il la rejoignit sur le lit, lui entoura la taille d'un bras tandis que, de l'autre main, il défaisait délicatement le ruban qui retenait le drapé de sa robe ; d'un geste sûr et tendre à la fois, il fit glisser l'étoffe bruissante le long de ses épaules hâlées, dévoilant ainsi son corps frémissant.

Ainsi offerte à son regard, dans toute la gloire de sa nudité, la jeune femme se cambra, accentuant de manière suggestive la beauté de son corps, toute pudeur évanouie.

Kevin en fut étourdi. Il effleura sa gorge de ses lèvres.

— Pourquoi vous êtes-vous refusée si longtemps, Carol ? demanda-t-il d'une voix assourdie par l'émotion.

Pendant quelques minutes, il se contenta de la contempler tandis qu'elle sentait son corps s'alanguir. Sa chevelure répandue autour d'elle lui faisait une parure somptueuse.

Bien vite, il murmura d'une voix rauque :

— Vous êtes si désirable, Carol...

Entre ses paupières mi-closes, Carol le vit éteindre les spots, ne laissant ainsi dans la pièce qu'une lumière tamisée. Devant ses yeux émerveillés, Kevin entreprit alors d'ôter ses vêtements.

Aussitôt, elle ressentit pour lui la même attirance qu'elle avait eue la première fois. Son corps d'athlète était découplé à la perfection. Elle voyait les muscles de son dos jouer sous sa peau et ne se lassait pas de l'admirer.

Déjà, le sourire conquérant, il se dirigeait d'un pas assuré vers le lit. De ravissement, Carol ferma les yeux.

Avant qu'elle n'ait pu s'en rendre compte, Kevin était déjà à ses côtés. La jeune femme sentit, tremblante, le contact de son corps brûlant sur sa peau. Frémissante, elle se réfugia contre son épaule tandis que ses bras se refermaient sur lui.

— Laissez-moi vous aimer, Carol, chuchota-t-il à son oreille tandis qu'il explorait les endroits les plus secrets de son corps.

Avec audace, elle s'offrit aux caresses exquises que sa bouche lui prodiguait.

Un frisson irrépressible la parcourut tout entière. Submergée par la vague de plaisir que faisaient naître en elle les élans de son compagnon, elle s'abandonna à ses mains expertes. Bientôt, sous l'empire d'un désir sans cesse grandissant, la jeune femme fit écho à sa tendresse allant même au-devant de ses exigences les plus folles. Tour à tour câline et pleine de pudeur, elle lui témoignait son amour et se plaisait à susciter le sien. Troublée par la faiblesse de son corps et la plénitude des sensations qu'elle lui arrachait, elle se mit à gémir.

— Oh ! Kevin...

Insensible à ses plaintes, il caressa ses hanches rondes, suivit la courbe flexible de la taille, trouva ses seins fermes, au galbe adorable. Puis, la renversant lentement, il la fit ployer sous la force de son désir. Au contact de ses doigts, la jeune femme s'enivrait des plus douces voluptés.

— Kevin ! s'écria-t-elle en le serrant de toutes ses forces.

Comme s'il n'avait pas entendu, il s'attarda sur les modelés de son corps, suscitant de tendres aveux, puis, voyant qu'elle répondait sans réserve à son désir, il l'étreignit, au comble de l'émotion.

La plus grande félicité s'empara d'elle. Jamais elle n'avait connu de telles sensations. Comme dans un rêve, Carol entendit la voix rauque de son compagnon.

A son tour, elle s'abandonna au plaisir qui la saisissait, faisant siennes les promesses de leurs corps. Rompus, assouvis, ils se blottirent l'un contre l'autre, dans un élan ultime.

— Kevin, c'était merveilleux, dit-elle à son oreille dès qu'elle eut la force de rouvrir ses yeux.

— Il en sera toujours ainsi, Carol, tant que vous resterez dans mes bras.

Sa voix exprimait la plus grande tendresse.

Elle se sentait flotter au sein d'un nuage rose ; elle posa sa tête contre l'épaule brûlante de son compagnon et lui murmura longuement des paroles qui témoignaient de son bonheur enfin retrouvé. Bientôt, elle sombra dans un sommeil sans rêves, bercée par les douces caresses de Kevin.

— Carol ! Carol...

La jeune femme se réveilla soudain. Cette voix qui chuchotait à son oreille lui semblait familière.

— Qu'y a-t-il ? demanda-t-elle en regardant cette chambre inconnue.

— Embrassez-moi une dernière fois avant l'aube...

Elle se redressa brusquement.

— Mon Dieu ! Quelle heure est-il ? s'exclama-t-elle.

— Près de cinq heures. Nous avons le temps.

— Il faut que je m'en aille, dit-elle en se couvrant d'un drap.

— Déjà ?

La jeune femme éprouva soudain le désir impérieux de s'attarder encore un peu dans la chaleur douillette du lit ; le regard de Kevin était si charmeur ! Elle allait capituler lorsque, dans un dernier sursaut, elle se reprit. Il ne serait pas dit qu'elle cède aussi facilement ! Elle repoussa doucement son compagnon et, dans un frisson, annonça :

— Je dois partir !

— Laissez-moi vous accompagner, fit-il à mi-voix.

— Non, Kevin ! Vous avez peut-être peur que je me perde dans l'hôtel ? dit-elle malicieusement. N'ayez aucune crainte. Je suis ici chez moi. De toute façon, il vaut mieux que l'on ne nous voie pas ensemble, ne trouvez-vous pas ?

— Comme vous voudrez, Carol.

La jeune femme déposa alors un léger baiser sur les lèvres boudeuses de Kevin, comme pour se faire pardonner son départ précipité.

— Nous nous verrons demain, mon chéri, murmura-t-elle avant de se lever d'un geste vif en cachant sa nudité sous le drap.

— Demain ? Vous voulez dire aujourd'hui ! s'exclama-t-il d'un ton taquin tandis que la jeune femme ramassait ses vêtements éparpillés sur la moquette.

— Ne me regardez pas, Kevin, s'il vous plaît, demanda-t-elle, pudique.

Tout en s'habillant, Carol se sentait assaillie de pensées troublantes et contradictoires. Elle n'avait plus qu'une hâte : retrouver le calme de sa chambre afin de mettre un peu d'ordre dans son esprit enfiévré.

Toujours allongé sur le lit, Kevin l'observait avec une expression étrange sur le visage. A quoi songeait-il ? Cette nuit merveilleuse aurait certainement des conséquences pour l'un comme pour l'autre. Bientôt, son émoi fit place à la crainte, et elle s'éclipsa presque à la sauvette, soucieuse d'abréger ce moment embarrassant.

— Au revoir, Kevin, merci, dit-elle en l'embrassant sur le front.

Pendant un instant, il parut vouloir la retenir mais, après une brève hésitation, il lui rendit son baiser et la laissa partir.

— Merci à vous, Carol, murmura-t-il en retour tandis qu'elle se dirigeait vers la porte d'un pas déterminé.

Quelques minutes plus tard, elle glissait précipitamment sa clef dans la serrure de son appartement. Fort heureusement, elle n'avait croisé personne dans les couloirs, comme elle l'avait craint un instant. Le premier venu ne se serait pas mépris une seconde sur l'expression de la jeune femme tandis qu'elle regagnait sa chambre à cette heure indue !

Elle prit une douche rapide avant de se coucher et s'endormit non sans ressentir un profond sentiment d'apaisement. Pour une fois, la réalité ne l'avait pas

déçue, comme cela avait souvent été le cas auparavant. Dans les brumes du sommeil naissant, la jeune
femme savoura pleinement cette pensée réconfor-
tante ; aujourd'hui, elle avait connu un bonheur
parfait. Même si cela ne devait pas durer, Carol
savait qu'elle avait remporté une victoire.

Qui sait ? Peut-être Kevin avait-il raison après
tout ? Peut-être pouvait-on être maître de son
destin ?

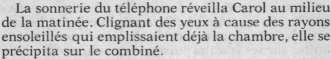

8

La sonnerie du téléphone réveilla Carol au milieu de la matinée. Clignant des yeux à cause des rayons ensoleillés qui emplissaient déjà la chambre, elle se précipita sur le combiné.

— Allô ? Qui est-ce ?

— Devinez ! fit une voix joyeuse.

— Oh ! Kevin !

— Lui-même ! J'espère que je ne vous ai pas réveillée.

— Non, ou plutôt si, mais cela ne fait rien, répondit-elle avec un petit rire cristallin.

— Je sais qu'il est tôt, mais je me demandais si vous deviez travailler aujourd'hui.

— Précisément, non, c'est mon jour de congé, dit-elle, ravie.

— Parfait ! Si nous déjeunions ensemble ? proposa-t-il à brûle-pourpoint. Ensuite, si vous êtes libre, nous pourrions faire un petit tour dans l'exposition pour revoir nos tableaux favoris. Qu'en pensez-vous ?

Cette suggestion plut fort à la jeune femme qui

mourait d'envie d'examiner une dernière fois l'image représentant Pégase. Qui sait ? Peut-être trouverait-elle un moyen de l'acquérir ?

— C'est une excellente idée. Je serai à midi au restaurant.

— Je vous attendrai. A tout à l'heure !

Carol reposa le combiné, puis elle s'étira longuement.

Quelle merveilleuse façon de commencer la journée ! La jeune femme se sentait dans une forme éblouissante !

Dix minutes plus tard, après une douche rapide, Carol choisit une tenue décontractée qui s'accordait parfaitement avec son humeur insouciante ; elle enfila une saharienne beige sanglée à la taille par une ceinture noire et mit des mocassins blancs.

Peut-être se promèneraient-ils dans l'après-midi et, en ce clément mois de mai, il y avait fort à parier que la journée serait belle. Après une brève hésitation, la jeune femme décida de laisser ses cheveux flotter sur ses épaules puisque Kevin lui avait confié qu'il préférait la voir ainsi. D'ailleurs, la teinte cendrée de sa chevelure se confondait joliment avec la couleur douce de sa chemisette. Après tout, pourquoi ne pas profiter de ce jour de congé bien mérité ?

Lorsqu'elle pénétra dans la salle du restaurant, Carol aperçut Kevin qui l'attendait tranquillement au bar. Un large sourire éclairait son visage encadré d'un élégant collier de barbe.

Aussitôt, il s'avança à sa rencontre.

— Bonjour, Carol, fit-il. Vous avez une mine splendide, ce matin. Avez-vous bien dormi ?

— Magnifiquement, Kevin ; et vous ?

— Moi aussi, répondit-il en lui lançant un coup d'œil complice. J'espère que vous avez de l'appétit ; si nous allions déjeuner tout de suite ?

— Ce n'est pas une mauvaise idée, dit-elle tandis qu'il lui prenait le bras pour l'entraîner vers une table fleurie, située près d'une grande fenêtre.

Si la serveuse qui vint prendre leur commande fut surprise de voir Carol en compagnie d'un si bel homme, elle n'en laissa rien paraître, au grand contentement de la jeune femme qui appréciait par-dessus tout la discrétion du personnel. Bien sûr, dans quelques heures, l'hôtel entier serait au courant, mais Carol n'en avait cure. Après tout, elle était libre de ses faits et gestes pendant ses jours de congé !

Le menu était délicieux. Lorsqu'ils eurent terminé, Kevin se renversa sur sa chaise et, reposant sa seconde tasse de café, il demanda :

— Au fait, chère amie, je suis curieux de savoir si votre opinion au sujet des écrivains de science-fiction a quelque peu changé.

— Considérablement, je dois dire, répondit-elle en souriant comme si elle s'attendait à cette question.

— Ainsi, vous ne pensez plus que nous sommes des enfants attardés ?

— Plus du tout !

Elle fit alors remarquer qu'hier au soir, pendant qu'ils dînaient ensemble, le fameux jeu de l'assassin s'était déroulé sans incident. C'est du moins ce qu'on lui avait rapporté.

— Finalement, ces gens sont charmants, je le reconnais, conclut-elle.

— Sauf Holden, bien entendu !

— Ne l'accablez pas plus qu'il ne le mérite, dit-elle avec un frisson rétrospectif. De toute façon, des individus de son acabit sont inévitables dans n'importe quelle assemblée ; la science-fiction n'est pas en cause.

— Et que pensez-vous de moi ? demanda-t-il soudain.

Leurs yeux se rencontrèrent. Une lueur étrange brillait dans les prunelles de Kevin. Carol sentait la caresse de son regard, sachant qu'il lui serait difficile d'y résister. En était-il conscient ?

— Que voulez-vous dire ?

Troublée, elle n'osait s'avancer.

— Ne voyez-vous pas en moi un être que votre imagination a façonné ?

— Je vois surtout quelqu'un qui a su me toucher, m'émouvoir... Un être bien vivant !

— Mais ce peut-être une apparence, le reflet d'une autre réalité.

— Vraiment ! Vous semez le doute dans mon esprit. En ce qui me concerne, j'ai parfaitement l'impression d'exister. N'en est-il pas de même pour vous ?

— Oui, mais qui êtes-vous en réalité ?

Il se pencha vers elle.

— Etes-vous celle que vous croyez être ou plutôt celle que je crois ?

— Ce que je crois n'a aucune valeur. Je suis Carol Sinclair, voilà tout.

— Détrompez-vous. Il y a plusieurs femmes en vous ; celle qui dirige cet hôtel de main de maître, celle que l'amour a déçue, celle que les autres voient, vos parents, vos collègues... Je pourrais continuer longtemps sur ce chapitre.

— Vous oubliez en effet celle avec qui vous avez passé la nuit ? dit-elle tout à trac, lassée de ne pas comprendre où il voulait en venir.

— Celle-ci ne s'appelle pas Carol, si vous avez bonne mémoire. Je lui ai réservé un prénom plus évocateur...

La jeune femme résolut de ne pas s'engager dans cette voie qu'elle devinait semée d'embûches.

— Enfin, Kevin, toutes ces femmes auxquelles vous faites allusion, ne sont que des facettes de la même personne, celle qui est en face de vous, à présent.

— Je suis prêt à l'admettre, concéda-t-il avec un sourire désarmant, mais Carol Sinclair n'est qu'une projection de ce que vous êtes dans l'instant. Comprenez-vous ? Vous changez de seconde en seconde ; chaque instant qui passe vous modifie, que vous le vouliez ou non, et cette évolution mystérieuse vous conduit vers un destin inconnu que nul ne peut discerner...

La jeune femme essayait désespérément de pénétrer ces paroles mystérieuses. Mais à quoi aboutissaient-elles, sinon à rendre compte du mouvement hasardeux de la vie ?

— Prenons un exemple que je connais bien, reprit-il d'une voix passionnée. Regardez-moi, Carol ; qui suis-je ?

— Avant tout, un original, répondit-elle sans réfléchir, mais aussi un homme plein de charme.

— Peut-être, cependant ne vous laissez pas prendre aux apparences. Il m'arrive d'être d'humeur inégale et d'une timidité maladive.

Elle le fixa, incrédule.

— Je suis absolument sérieux, dit-il. Pendant mon adolescence, j'étais si timide, si peu assuré que les femmes me faisaient peur ; vous ne me croirez pas mais, à cette époque, j'étais un garçon malingre et d'une santé fragile. Ce n'est qu'au prix d'une discipline rigoureuse que j'ai réussi à m'en sortir.

Carol était de plus en plus stupéfaite.

— J'aurais pu rester ainsi toute ma vie, poursuivit-il. Vous n'imaginez pas la volonté qu'il m'a fallu déployer pour devenir ce que je suis.

— Mais certaines personnes naissent avec un handicap qu'elles ne peuvent surmonter.

— Vous avez raison. Tout repose sur l'attitude que l'on adopte face à l'existence. Par exemple, quand vous étiez mariée, vous n'aviez pas conscience de votre erreur, n'est-ce pas ?

— En effet, mais...

— Plus tard, après votre divorce, vous avez compris votre méprise.

— Certes !

— Pourtant, la réalité autour de vous n'avait pas changé. C'est simplement votre manière d'envisager les choses qui s'est insensiblement modifiée. Vous voyez, Carol, tout repose sur notre perception.

Il appela alors la serveuse pour régler l'addition.

— Si nous allions revoir l'exposition ? ajouta-t-il comme ils se levaient de concert.

— Allons-y, dit-elle, encore perplexe après la confession inattendue de son compagnon.

Dès qu'ils furent dans la salle, Carol se dirigea immédiatement vers le tableau représentant Pégase, comme attirée par cette image fabuleuse. La magnifique gravure coûtait vingt mille dollars, un prix exorbitant, mais toutefois justifié aux yeux de Carol qui regretta fugitivement de ne pouvoir s'offrir une si belle pièce. A ses côtés, Kevin semblait partager son admiration.

— Je sais que ce tableau vous plaît. Si vous voulez l'acquérir, il y a une vente aux enchères dans deux heures ; c'est d'ailleurs la clôture officielle du congrès de Memphis, expliqua-t-il avec une intonation étrange.

— Oh ! non ! Cette image n'a pas de place dans ma réalité ! protesta-t-elle doucement. Kevin !

Elle adressa un sourire à son compagnon.

— Vous vous rendez compte que je commence à parler comme vous !

— J'en suis ravi ! Restez donc avec moi un peu plus longtemps ; je finirai par avoir une excellente influence sur vous.

Elle secoua tristement la tête.

— Je crains que cela ne soit impossible.

— Et pourquoi donc ? demanda-t-il subitement comme ils revenaient vers les couloirs.

— Evitons ce sujet, Kevin. Les séparations les plus rapides sont les moins douloureuses.

— Il n'y a jamais de bonnes séparations, Carol, murmura-t-il aussitôt en prenant la jeune femme dans ses bras dans un élan irrésistible.

— Kevin ! On pourrait nous voir !

— Tant pis ! Il me reste une chose à vous dire, Carol. Je veux vous revoir. Je veux vous connaître mieux. Et vous, le voulez-vous ?

— Bien sûr ; mais quand vous reverrai-je ?

Elle plongea son regard dans le sien comme si elle voulait lui communiquer tout ce que les mots ne pouvaient exprimer.

— La semaine prochaine, je reviendrai pour que nous vivions de nouvelles aventures, mon Alissa. Oh ! Pensez à garder votre costume ! Qui sait ? Peut-être en aurons-nous encore besoin. A moins que vous ne vouliez essayer le costume de la guerrière que je vous ai montré, hier soir ? suggéra-t-il avec un éclair de malice dans les yeux.

— Je ne crois pas être assez émancipée pour évoluer dans un tel appareil, répondit-elle rêveusement. Mais sait-on jamais ?

Elle ajouta alors avec une audace inattendue :

— Avec vous, tout est possible !

— Pensez-y toujours ! s'exclama-t-il avant de déposer sur ses lèvres un long baiser d'adieu.

— A bientôt, Kevin, murmura Carol à regret en se dégageant de son étreinte.

— A bientôt, ma chérie.

Il lui prit alors la main une dernière fois, et y déposa un léger baiser.

— Je vous téléphonerai dès mon retour, promit-il.

La jeune femme le regarda s'éloigner, un pincement au cœur.

Seule à nouveau, elle songea qu'il était temps de revenir à la réalité. A sa réalité! Kevin avait bouleversé sa vie, mais il lui fallait se reprendre...

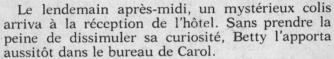

9

Le lendemain après-midi, un mystérieux colis arriva à la réception de l'hôtel. Sans prendre la peine de dissimuler sa curiosité, Betty l'apporta aussitôt dans le bureau de Carol.

— C'est pour vous, madame Sinclair!

Agacée d'être ainsi dérangée, Carol releva distraitement les yeux.

— Je n'attendais rien, pourtant. Pouvez-vous me dire la provenance?

— Il vient d'être livré, répondit Betty, surprise du peu d'enthousiasme de Carol. Et il vous est adressé personnellement.

— Je me demande ce que cela peut bien être, murmura Carol en fronçant les sourcils.

— Il n'y a qu'une manière de le savoir, n'est-ce pas? déclara la jeune fille dont le sens pratique n'était jamais en défaut.

— Evidemment.

Carol prit alors le paquet que lui tendait obligeamment sa secrétaire.

La jeune femme était de mauvaise humeur; toute

105

la matinée, elle avait eu beaucoup de mal à se concentrer sur son travail. Cet épisode imprévu n'arrangeait rien. Songeant alors au costume que Kevin lui avait offert pas plus tard qu'avant-hier, elle fut prise d'une impatience fébrile.

Sous le regard attentif et bienveillant de sa secrétaire, Carol entreprit de défaire l'emballage épais qui entourait ce colis énigmatique. Bientôt, sous les couches superposées de molleton blanc, elle découvrit l'envers de ce qui paraissait être un tableau. Avec précaution, la jeune femme retourna l'objet. Devant ses yeux émerveillés apparut alors la magnifique reproduction de Pégase mise sous verre.

— Oh ! Qui peut bien vous envoyer une si belle peinture ? s'exclama Betty. Regardez, il y a un mot !

Devant la remarque avisée de sa secrétaire, Carol sortit de l'état de stupeur dans lequel ce cadeau mirifique venait de la plonger ; d'un geste vif, elle décacheta l'enveloppe marquée à son nom.

« Pour Alissa », lut-elle, « ce modeste cadeau dédié à l'imagination et à la beauté éternelles. A cet amour venu d'ailleurs qu'il nous fut donné d'explorer, hélas ! trop brièvement ».

Bouleversée, la jeune femme enfouit cette tendre missive dans la poche de sa veste. Curieuse, Betty s'enquit de son contenu.

— Qu'est-ce donc, madame Sinclair ? Vous êtes si pâle, tout à coup !

— Ce n'est rien, Betty. Juste quelques mots de la part des invités du congrès qui me remercient.

— Je mettrais ma main au feu que M. Corrigan est à l'origine de ce qu'il faut bien appeler un hommage, déclara Betty.

Ses yeux étincelaient de satisfaction, comme si le tableau lui avait été destiné.

Ne trouvant rien à répondre, Carol jugea raisonnable de paraître aussi détachée que possible afin d'éviter que la jeune fille ne fît de fausses interprétations.

— Voyons voir, dit-elle en embrassant la pièce du regard. Où allons-nous bien pouvoir le mettre ?

Avant tout, Carol voulait éviter d'avoir constamment ce tableau sous les yeux. Quelle tentation pour elle ! Témoin des heures délicieuses qu'elle avait passées avec Kevin, ce présent ne cesserait de lui rappeler cet homme imprévisible.

— Ah ! Je crois avoir trouvé l'endroit idéal, fit-elle.

— Où donc ?

— Ici même, derrière mon bureau. De cette manière, chacun pourra le voir en entrant.

— Sauf vous, madame, bredouilla la jeune fille déconcertée par le choix insolite de Carol.

— Justement, Betty ! Je suis censée travailler et rien ne doit distraire mon esprit. D'ailleurs, j'ai un retard considérable. Je vous prie de me laisser. N'oubliez pas de faire venir un ouvrier pour suspendre le tableau !

— Je n'y manquerai pas, madame Sinclair !

La fin de la semaine arriva sans que Carol n'ait de nouvelles de Kevin. Le fol espoir qu'avait suscité l'envoi du tableau s'évanouit bientôt. Les journées parurent interminables à la jeune femme. Si seulement il n'y avait pas cette peinture qui lui rappelait inexorablement la folie d'une vaine attente !

Pour la millième fois, elle se demanda dans quel but Kevin lui avait envoyé ce présent. Etait-ce pour se rappeler à son souvenir ? Dans ce cas, c'était là une intention charmante. Ou bien fallait-il y voir une manière élégante mais détournée de la remercier pour cette éphémère nuit d'amour ? Hélas ! Carol n'avait aucun moyen de discerner les motifs d'une si étrange conduite !

En soupirant, la jeune femme reprit ses tâches

quotidiennes, le travail étant pour elle la seule façon d'oublier ses pensées maussades. Tout à coup elle sursauta ; la sonnerie du téléphone résonnait dans le bureau voisin. Le voyant rouge de son interphone se mit alors à clignoter, signalant que l'appel lui était destiné. D'une main tremblante, Carol saisit le combiné.

— Carol Sinclair, j'écoute.

— Bonjour !

La jeune femme retint son souffle. Elle aurait reconnu cette voix entre mille !

— Kevin, articula-t-elle avec peine.

A l'autre bout du fil, celui-ci éclata d'un rire chaleureux qui acheva de désorienter son interlocutrice.

— Comment allez-vous, belle princesse ?

Son entrain lui fit presque mal. Avait-il seulement conscience que son silence prolongé l'avait conduite aux limites de la résistance ? Mais elle ne voulait surtout pas lui montrer combien elle était bouleversée.

— Avez-vous besoin de renseignements sur le prochain congrès ? demanda-t-elle d'un ton parfaitement détaché.

— Je vois, vous n'êtes pas seule, rétorqua-t-il. Juste deux mots ; je reviens seulement de Californie ; en fait, je suis encore à l'aéroport. Je rentre me changer et je serai chez vous à sept heures précises. Je meurs d'envie de vous voir. A tout de suite !

Le temps qu'elle reprenne ses esprits, Kevin avait déjà raccroché.

En proie aux pensées les plus contradictoires, la jeune femme reposa le combiné. Ainsi, il avait fini par appeler et il voulait la voir !

Partagée entre la crainte et l'apaisement, la jeune femme ébaucha un sourire.

Avec un regain d'enthousiasme, elle décida alors de terminer son travail au plus tôt afin d'avoir le temps de se faire une beauté. Elle se devait d'être à la hauteur !

Une demi-heure plus tard, elle partait, non sans avoir jeté un coup d'œil plein de gratitude au tableau qui avait une si heureuse influence sur sa vie.

Après avoir pris un long bain délassant, la jeune femme se sécha rapidement, puis enfila une robe légère. Un regard vers le grand miroir de sa chambre lui montra à quel point elle avait changé, ces derniers jours ; la ravissante personne qui lui faisait face n'offrait plus rien de commun avec la sévère directrice de l'hôtel Merryweather, toujours habillée d'une façon austère qui provoquait chaque jour le discret désespoir de sa secrétaire !

Quelle coiffure choisir pour mettre son visage en valeur ? Après plusieurs essais, elle opta pour un chignon agrémenté d'une frange qui lui donnait un air à la fois strict et juvénile. Un court examen la convainquit de l'excellence du résultat. Ses cheveux ainsi relevés faisaient magnifiquement ressortir ses pommettes.

La métamorphose était complète. A qui devait-elle ce merveilleux changement ? Etait-il possible que quelques heures de passion aient bouleversé sa vie tout entière ?

Comme elle cherchait une réponse, une série de coups légers se fit entendre à la porte.

Aussitôt, Carol s'empressa d'aller ouvrir.

— Bonsoir, chère amie.

La jeune femme reconnut la voix caressante avec une joie teintée de surprise.

— Bonsoir, Kevin.

Il portait un costume d'été en lin beige qui rendait son teint plus mat encore. Carol dut se retenir pour ne pas se jeter dans ses bras.

— Entrez donc, fit-elle en s'effaçant devant son invité.

Lorsqu'il fut dans la pièce, la jeune femme se demanda si elle avait bien fait. L'attitude réservée de Kevin vint démentir toutes ses craintes. Il se contenta d'observer discrètement la décoration de l'appartement.

Embarrassée, elle se hâta d'engager la conversation sur un terrain neutre.

— Ne sachant pas quels sont vos projets, j'ai cru bon de m'habiller ainsi ; cela vous plaît-il ?

En même temps, elle virevolta devant lui dans un mouvement plein de grâce.

Kevin eut un sourire énigmatique.

— Vous êtes parfaite, Carol, dit-il enfin. Ce soir, nous ferons ce que vous voulez. Quant à votre tenue...

Le regard éloquent qu'il lui lança ne lui laissa aucun doute sur ses sentiments.

— Oh ! Kevin ! Vous vous moquez de moi, s'exclama la jeune femme en rougissant. Vous savez pourtant que je n'ai pas l'habitude de recevoir des compliments.

— Quelle modestie ! Toute cette semaine, je n'ai cessé de penser à vous, mais... votre beauté dépasse tout ce que j'avais imaginé !

D'un pas souple, il parcourut alors la distance qui les séparait, puis il prit Carol dans ses bras. La jeune femme se lova contre lui. Sa tête s'alourdit sur son épaule.

Lorsqu'il desserra son étreinte, Carol sentit le sol se dérober sous ses pieds ; instinctivement, elle noua ses mains autour de la nuque de son compagnon.

— Quel plaisir pour un homme d'être ainsi accueilli par la femme de ses rêves. Vous m'avez beaucoup manqué, Carol.

Elle songea aussitôt aux longues nuits d'attente

fiévreuses et aux interminables journées qu'elle avait passées dans son bureau.

Heureusement, la contemplation du tableau avait soutenu son espoir incertain.

— Moi aussi, dit-elle, j'ai vécu ce moment en pensée des centaines de fois !

— Maintenant, c'est fini, Carol, nous sommes ensemble de nouveau, chuchota-t-il en se penchant vers elle.

Ce baiser la tourmenta délicieusement. La jeune femme se cambra légèrement afin de mieux épouser le corps de son compagnon. Les lèvres de Kevin étaient caressantes et persuasives ; tel un philtre inconnu, elles la transportaient dans un autre monde, faisant taire la voix de sa conscience qui l'avait si longtemps retenue au bord de cet abîme. Lorsqu'ils se séparèrent, Carol l'entendit soupirer.

— Vous m'avez fait perdre complètement la notion du temps, avoua-t-il. Cette semaine m'a paru durer des mois ; je n'en suis pas encore revenu.

— Il en a été de même pour moi, répondit-elle sans réfléchir à la signification de ses paroles.

Kevin fixait la jeune femme avec une telle intensité qu'elle en frissonna.

— J'ai un aveu à vous faire, Carol, murmura-t-il à son oreille tandis qu'il caressait ses épaules.

— Je vous écoute.

— Lorsque vous m'avez ouvert la porte, tout à l'heure, je vous ai trouvée irrésistible.

— Et maintenant ? dit-elle sans mesurer les conséquences de cette question ingénue.

— Maintenant ? fit-il en riant. Vous l'êtes encore plus.

Blottie dans ses bras, elle se laissait bercer par ses paroles.

— Vous me fascinez, dit-il encore, et j'ai grande envie d'éprouver la douceur de votre peau. L'apparente fragilité de votre robe constitue le seul obstacle à la réalisation de mon vœu mais si je m'y prends bien...

— Qu'attendez-vous ? demanda-t-elle, provocante.

— Ne me mettez pas au défi, Carol.

Aussitôt, la soulevant dans ses bras, il l'emporta dans sa chambre et la déposa sur le lit. Carol ne tenta même pas de protester. Fermant les yeux, elle goûta cet instant délicieux. Elle devait à la tendresse de Kevin de perpétuels étonnements — les attentions dont il l'entourait et les choses inattendues qu'il lui disait.

Un reflet étrange dans le regard, elle se laissa dévêtir dans le plus total abandon.

Tandis que, à son tour, il enlevait ses vêtements, elle eut un geste de pudeur et se retourna. Il éteignit alors le lustre de la chambre.

Seule la lampe de chevet éclairait la pièce d'une lueur diffuse ; à travers ses paupières presque closes, la jeune femme regardait son compagnon. Il avait une harmonieuse souplesse, inattendue chez un homme de sa taille. En même temps, il se dégageait de sa personne une impression de force qui la subjuguait.

Lorsqu'il s'allongea à ses côtés, un long frisson la parcourut. Echoués sur ce lit comme sur une plage, ils s'enlacèrent. Une allégresse aveugle les avait saisis. Elle eut l'intuition qu'avec lui elle allait découvrir toutes les voluptés.

— Etes-vous bien ? demanda-t-il à mi-voix tandis que ses doigts aventureux traçaient un cercle magique autour de ses hanches.

Carol répondit par un faible gémissement, tout à l'émerveillement de sentir ce corps masculin contre le sien. Allongé sur le côté, il l'observait, admirant le modelé des joues et du front, l'arête fine du nez, la bouche sensuelle, les lèvres d'un rouge mat, souples et chaudes. Bientôt, il éprouva le désir de caresser la chair de cette gorge ingénument ronde, de sentir sous sa main la douceur de sa peau. Sa chevelure éparse sur l'oreiller accrochait des reflets de lumière. Devinant la curiosité qu'il avait de son corps, elle roula vers lui et noua ses jambes aux siennes.

— Vous êtes merveilleuse, Carol, murmura-t-il en prenant le visage de la jeune femme entre ses mains comme pour lui exprimer toute sa gratitude.

Eperdue de bonheur, elle s'offrit à ses caresses, avec indolence d'abord, avec une ardeur non dissimulée enfin, accédant à ses désirs les plus secrets.

— Aimez-moi, Kevin, je vous en prie...

Y avait-il chose plus simple et plus naturelle que cette passion qui les jetait l'un vers l'autre ? Avec une nonchalance feinte, elle revenait sans cesse vers lui, avec cette complicité de la chair qui est propre aux amants. Enivré par son parfum, retrouvant sur ses lèvres le grain de sa peau, il l'étreignit avec fougue.

Elle avait pour l'aimer des élans merveilleux, il eut en retour des audaces qui avivèrent encore son désir.

Un instant, ses yeux mats et superbes vinrent s'accrocher aux siens. Etourdi par le balancement de ses boucles le long de ses joues, ébloui par tant de beauté, il ne savait que répéter :

— Vous êtes délicieuse, Carol.

La jeune femme écoutait ce tendre aveu avec un ravissement non déguisé. Dans les bras de son compagnon, tout lui paraissait soudain possible, comme si ces simples mots avaient ouvert pour elle un monde inexploré, comme si son imagination enfin libérée créait d'autres réalités.

Désormais, elle se sentait bien vivante. Heureuse d'un inexprimable bonheur, elle chuchota :

— Embrassez-moi, Kevin !

N'attendant que cette invitation, il la serra encore

plus fort dans ses bras. Indifférente à tout si ce n'est à leur amour, elle succomba à ses caresses passionnées tandis qu'il étouffait ses gémissements dans un baiser périlleux. Leurs membres se nouèrent à nouveau. Elle oscillait maintenant sous ses mains comme un jeune arbre balancé par le vent. C'est dans une totale plénitude que, cessant de s'appartenir, ils se donnèrent l'un à l'autre.

Au seuil de la volupté, secouée par un rapide frisson, elle murmura son nom.

— Kevin...

— Depuis toujours j'avais rêvé de cette étreinte, Carol, murmura-t-il tandis que sa respiration se ralentissait insensiblement.

Rompus, assouvis, ils écoutèrent encore un long moment leur souffle s'apaiser.

Même dans ses plus grandes espérances, jamais Carol n'avait osé concevoir une telle félicité...

Un léger mouvement la tira du profond sommeil dans lequel elle avait l'impression d'avoir sombré quelques minutes plus tôt. Combien de temps avait-elle dormi ? Elle aperçut avec soulagement la silhouette de Kevin, à ses côtés.

— Je vous regardais depuis un quart d'heure, dit-il doucement, comme s'il avait deviné ses pensées. Vous étiez si épuisée que vous vous êtes endormie comme un ange. Pendant ce temps, j'ai pu admirer la finesse de vos cheveux, ajouta-t-il. Ils sont doux et soyeux, tout comme vous. Savez-vous que j'ai failli en couper une mèche ?

— Mais pourquoi ? Je suis là avec vous, Kevin ! Elle se blottit contre lui comme pour se préserver de l'éventualité d'une séparation.

— Bien sûr, dit-il pensivement. Savez-vous à quoi j'ai passé la semaine ?

— Vous avez sans doute travaillé ?

— Oui, mais tous les soirs, j'ai songé à nous deux,

à notre couple. J'avais si peur que vous ne vouliez plus me revoir !

— Pourquoi une pareille idée, Kevin ?

— Oh ! Simplement parce que je n'ai pas l'habitude de vivre avec quelqu'un ; j'ai si longtemps été seul...

— Vous si séduisant ! Mais pourquoi ? s'exclama-t-elle, pressentant quelque blessure secrète.

— J'ai bien peur d'être un cas à part, surtout de nos jours, déclara-t-il en souriant malgré la gravité de ses propos. Bien sûr, chez une femme, l'attrait physique m'importe beaucoup. Ce serait mentir que de prétendre le contraire. Cependant, mon intérêt pour elle ne saurait se satisfaire des limites d'un amour purement charnel...

A ces mots, Carol eut une moue interrogative ; néanmoins, elle décida de ne rien dire qui pût arrêter cette étrange confidence.

— En vérité, reprit-il, je souhaite une femme qui puisse partager ma vie, ou plutôt, qui soit capable de croire à une réalité différente de celle que nous connaissons.

Un frisson singulier parcourut la jeune femme de la tête aux pieds. Jamais elle ne serait cette héroïne qu'il désirait avant tout. Jamais elle ne pourrait, même si elle le voulait, voir le monde à la façon si personnelle de Kevin.

Elle éclata d'un rire artificiel qui cachait à grand-peine son désarroi.

— Alors, dites-moi ce que je fais ici ! ne put-elle s'empêcher de demander. Vous savez que je ne suis pas digne de partager vos idées sur l'existence. Un souhait, si légitime fût-il, n'a jamais suffi à changer la réalité.

— Eh bien ! je n'en crois rien, dit-il d'un ton assuré. Tout d'abord, vous avez une grande imagination. Il se trouve que, chez vous, cette faculté est un peu affaiblie parce que vous ne l'exercez pas assez. Mais on peut y remédier. Ensuite, n'oubliez pas que, tel un héros, je suis prêt à voler à votre secours ! Votre incorrigible pessimisme vous rend la vie insupportable, mais c'est aussi une illusion. Ma foi indéfectible en votre avenir me fera surmonter tous les obstacles, j'en suis sûr, conclut-il sans cesser de sourire.

Il parlait avec tant de conviction que la jeune femme fut déconcertée. Si quelqu'un peut me sortir de mon scepticisme, c'est bien lui ! se dit-elle sans oser exprimer cet avis à haute voix.

— Carol ? reprit-il soudain.

— Oui ?

— Je sais que vous ne vous laisserez pas persuader d'emblée, mais donnez-moi un peu de temps, et je vous jure que je saurai vous transformer.

— Eh bien ! essayons, répondit-elle de bonne foi.

— Parfait ! Si nous allions dîner ? Il n'est que dix heures, et je connais un excellent petit restaurant chinois, situé dans Hersey Street. Je meurs de faim. Et vous ?

— Moi aussi, avoua-t-elle. Auparavant, cependant, laissez-moi le temps de me refaire une beauté.

— C'est inutile, vous êtes absolument ravissante ! Sans l'écouter, Carol s'enferma dans la salle de bains. Il ne lui fallut que quelques instants pour se préparer. L'amour avait en effet avivé sa carnation, et elle était plus belle que jamais !

— Dites-moi, fit-il remarquer une fois qu'ils furent sur le pas de la porte, votre appartement est absolument charmant, mais il lui manque néanmoins quelque chose...

— Vous trouvez ?

— Oui, une série de tableaux de science-fiction serait du plus bel effet sur ces murs dénudés, et l'ensemble s'en trouverait égayé. N'est-ce pas votre avis ?

— Ce n'est qu'un logement de fonction ; en fait, je n'y suis que très rarement...

— Justement, fit-il d'un air pensif. Dommage que notre congrès n'ait pas fait sentir ses effets jusque-là !

10

Dès le lendemain matin, Carol se remit au travail, mais, cette fois-ci, d'un cœur léger. Tout lui semblait différent depuis que Kevin lui avait assuré qu'ils passeraient le week-end prochain ensemble.

Cet espoir avait transformé l'existence de Carol ; elle se sentait désormais plus légère, et la pensée de le revoir lui faisait accepter ses tâches avec sérénité. Jamais elle n'avait ressenti une telle sensation. Même si ce ne devait être qu'une expérience, elle lui aurait au moins apporté la joie de vivre !

Lorsque Betty, toute pimpante, arriva au bureau, elle remarqua aussitôt le changement dans l'ameublement de la pièce. Carol avait changé le tableau de place. Là où il était accroché, la jeune femme pouvait l'admirer chaque fois qu'elle en avait envie.

Par discrétion, la jeune secrétaire ne se permit aucune réflexion ; toutefois, elle eut une moue evocatrice qui amena Carol a s'expliquer.

— L'idée m'est venue ce matin que, après tout, cette gravure méritait d'être appréciée a sa juste valeur, déclara-t-elle en montrant la majestueuse silhouette de Pégase. Ceci afin de prouver que même les sublunaires peuvent parfois faire preuve de goût !

L'air étonné de Betty lui arracha un sourire.

La matinée passa en un éclair ; même les travaux les plus ingrats ne lui demandèrent aucun effort. Bientôt, Kevin viendrait la chercher ; à son intention elle avait préparé un délicieux repas. La soirée promettait d'être agréable...

Malgré le trouble indéfinissable que provoquait cette douce attente, la jeune femme s'efforça de ne pas trop songer à l'avenir. Pour l'instant, il ne s'agissait que d'une aventure, certes intense, mais que rien encore ne destinait à durer très longtemps. Il ne fallait pas trop attendre de la vie si l'on ne voulait pas connaître d'amères désillusions...

Si elle n'avait pas vu filer la matinée, l'après-midi, en revanche, lui parut interminable. Kevin n'avait pas cru bon de lui téléphoner pour confirmer leur rendez-vous ; normalement, ils devaient se retrouver chez elle vers huit heures, mais elle était si impatiente de le voir qu'elle aurait apprécié toute initiative de sa part.

Témoin du sentiment indéfinissable qui les liait à présent, le merveilleux tableau lui parlait sans cesse de lui...

Pour se donner le change, Carol essaya d'imaginer ce que pouvait faire Kevin ; en vérité, la jeune femme n'avait pas une idée très nette de son emploi du temps, et sa profession même restait pour elle un mystère. Elle avait cru comprendre qu'il était physicien, mais ne savait rien de plus. En quoi pouvaient bien consister les attributions d'un chercheur ?

Elle découvrit alors avec stupeur qu'elle ignorait tout de la vie de Kevin. Elle décida aussitôt de lui demander des précisions le soir même.

Au fur et à mesure que l'heure fatidique approchait, chaque seconde s'étirait de manière insoute-nable. A sept heures, la jeune femme dut se retenir pour ne pas s'enfuir de son bureau.

Après avoir rapidement pris congé de Betty, Carol regagna son appartement en songeant à la robe qu'elle allait choisir pour le dîner. Elle jeta finale-ment son dévolu sur une toilette à volants, couleur pêche, qui ravivait à merveille son teint coloré par l'émotion ; après avoir ajusté les manches bouffan-tes de sa robe, elle appliqua une légère couche de rouge à lèvres dont le ton cerise s'accordait avec ce mois de juin triomphant.

Elle arpenta ensuite la pièce avec impatience. Que faire en attendant l'arrivée de Kevin ? Son regard tomba par hasard sur un livre de science-fiction dont il lui avait chaudement recommandé la lecture.

Intriguée, elle commença à en feuilleter les pages.

L'histoire racontait les échanges télépathiques entre un couple d'amoureux séparés par plusieurs années-lumière. Après avoir vainement tenté de communiquer au moyen de météores qu'un esprit malin détruisait chaque fois, les deux héros essayaient de se retrouver grâce aux ondes qui parcouraient l'infini. Jamais plus tendres messages n'avaient traversé l'univers ! Carol se souvint alors de la conférence de Henriette Croy à laquelle elle avait participé. Et si elle avait dit vrai, après tout ? Qui sait ?

Au cours de sa lecture, les larmes lui vinrent plus d'une fois aux yeux. Par certains aspects, cette histoire avait des analogies troublantes avec la sienne. C'était sans doute la raison pour laquelle Kevin lui en avait conseillé la lecture.

Soudain, elle entendit frapper à sa porte. Un coup d'œil à sa montre lui apprit qu'il n'était que huit heures moins vingt. Sans doute Kevin avait-il affrété un vaisseau spatial pour rejoindre au plus vite son Alissa !

Prête à se jeter dans ses bras, elle ouvrit la porte.

— Carol ! Mon Dieu ! Comme tu as changé ! s'exclama une voix qu'elle reconnut aussitôt.

Devant elle se tenaient ses parents, manifestement aussi surpris que leur fille. Surmontant sa stupeur, Carol articula d'une voix mal assurée :

— Maman ! Papa ! Que faites-vous ici ?

Sa mère fut la première à reprendre ses esprits.

— Nous nous rendions à Boston afin d'assister à un congrès et, en chemin, nous avons décidé de passer te voir. Tu donnes si rarement de tes nouvelles !

— Si j'en juge par sa tenue, Carol va très bien, ajouta son père en examinant sa robe avec une tendre ironie.

— Oh ! Vous auriez dû me prévenir, fit-elle sur un ton qui ne laissait guère de doutes sur ses sentiments. Et combien de temps restez-vous à Memphis ?

— Jusqu'à demain matin, répondit son père. Nous voulions voir où tu habites.

Tous deux regardaient par-dessus son épaule afin de discerner l'endroit étrange où leur fille avait élu domicile. A regret, celle-ci décida d'abandonner ses projets pour la soirée.

— Entrez, finit-elle par dire en s'effaçant. Je venais justement de mettre un peu d'ordre.

— Tu es sûre que nous ne te dérangeons pas ? fit sa mère à peine entrée dans le vestibule.

— A vrai dire, j'avais des projets pour le dîner, mais...

Elle s'interrompit, sachant fort bien que celle-ci ne se méprendrait pas une seule seconde sur les prétextes qu'elle pourrait inventer.

— Peut-être devrais-tu téléphoner à ce jeune

homme, suggéra son père d'un ton jovial. Ce rendez-vous peut attendre demain, n'est-ce pas ?

— Bien sûr, papa ; l'ennui, c'est qu'il m'est impossible de le joindre actuellement...

La jeune femme cherchait désespérément une solution, constatant avec dépit que l'arrivée impromptue de ses parents lui avait fait perdre tout esprit d'initiative. Quant au regard sceptique de sa mère, il ne contribuait nullement à la mettre à l'aise !

— A cette heure, il doit être déjà parti, reprit-elle en s'efforçant de ne pas bredouiller. Il... il va arriver d'une seconde à l'autre.

— Eh bien ! tant mieux, fit son père très à l'aise. Pour une fois que tu nous présentes un de tes amis ! Tu te souviens ? Quand tu étais petite, tu étais toujours tellement gênée !

Avec amertume, la jeune femme songea qu'elle n'avait guère changé. Malgré ses vingt-six ans, malgré sa position sociale tout à fait respectable, elle se sentait toujours vulnérable — telle une enfant aux prises avec un monde hostile et froid.

De plus, sa merveilleuse soirée avec Kevin était compromise ! Comment lui faire comprendre cette arrivée imprévue ? La croirait-il seulement ? En vérité, peu d'hommes envisageraient avec détachement, sinon avec plaisir, la perspective de passer une soirée avec les parents d'une femme qu'ils viennent quasiment de rencontrer !

— Asseyez-vous donc, proposa-t-elle.

Sa mère arpentait déjà le salon, observant chaque objet, son père se penchait par la fenêtre pour regarder la piscine.

Afin de détendre l'atmosphère, elle risqua une plaisanterie.

— Avant tout, je tiens à vous prévenir que l'appartement n'est pas à vendre !

— En tout cas, c'est un bel endroit, répondit son

père. Et, économique, de surcroît, ce qui ne gâte rien. Ma chérie, je te félicite.

Carol renonça à leur expliquer qu'elle était lasse de vivre dans un hôtel ouvert aux quatre vents, où elle devait lutter à chaque instant pour préserver son intimité.

— Tiens ! s'écria tout à coup sa mère. Peux-tu m'expliquer quel est ce livre ?

La jeune femme blêmit en apercevant sa mère qui examinait avec réprobation la couverture du livre qu'elle lisait un instant auparavant ; y était représentée la fameuse silhouette féminine à laquelle Kevin l'avait comparée bien des fois...

— Ce n'est qu'un livre de science-fiction, maman...

— Je le vois bien, mais que fait-il chez toi ? D'habitude, tu ne lis jamais ce genre de littérature ; de plus, la couverture est presque indécente !

— Vraiment ? Il faut que je vois cela.

Son père traversa aussitôt le salon, au grand amusement de Carol.

Bientôt, tous trois se trouvèrent en train de discuter des mérites comparés de la littérature classique et de la littérature moderne.

— C'est l'art du futur, maman, expliqua posément Carol. Cette couverture a été dessinée par un illustrateur bien connu, Boris Vallejo.

— Tiens donc ! J'ignorais que l'on pouvait gagner sa vie en faisant de pareils croquis !

Sa mère regardait à nouveau, avec un profond mépris, la guerrière qui semblait surgir du fond des âges.

— Mais puisque tu le dis..., ajouta-t-elle en haussant les épaules.

Son père, pendant ce temps, admirait l'ingénieuse combinaison de couleurs qui, selon lui, justifiait à elle seule le prestige dont jouissait cet artiste.

Ce débat improvisé fut interrompu par une série

124

de coups légers à la porte. Carol s'excusa puis, la mort dans l'âme, elle alla ouvrir.

— Bonjour, ma belle princesse, fit Kevin à haute voix dès qu'il vit Carol.

Craignant que ses parents ne l'aient entendu, elle lui fit un signe. Hélas ! Elle aurait tellement aimé se jeter dans ses bras !

— Qu'y a-t-il, ma chérie ?

— Bonjour, Kevin ; je... je suis désolée, mais je crois que nous ne pourrons pas nous voir, ce soir. Mes parents sont venus me rendre visite à l'improviste. Ils vont rester cette nuit.

— Oh ! Je vois, fit-il simplement.

La jeune femme s'attendait à ce qu'il prît congé, mais il n'en fit rien.

Etonnée, elle attendait. Manifestement, il n'avait pas l'intention de s'en aller sans avoir rencontré ces derniers !

— Sachez qu'Altagor n'a jamais reculé devant rien, et ce n'est pas aujourd'hui qu'il commencera, chuchota-t-il à son oreille.

Prenant alors un air inspiré, il déclara à haute voix :

— Mais c'est merveilleux, ma chérie, vous savez que j'ai toujours voulu les connaître !

Avant qu'elle n'ait esquissé un geste de protestation, il pénétra dans le salon et s'inclina devant eux. Une seconde plus tard, Kevin s'était dûment présenté.

— Kevin Corrigan, dites-vous ? demanda son père dès qu'il eut repris ses esprits. Il me semble que ce nom ne m'est pas inconnu. Sans indiscrétion, puis-je vous demander ce que vous faites ?

— Je suis physicien, monsieur. La théorie des quanta est d'ailleurs mon domaine de prédilection.

S'il remarqua le visage stupéfait de Carol et de sa mère, Kevin n'en laissa rien paraître.

— Mais bien sûr ! s'exclama M. Sinclair. Je vous

reconnais tout à fait à présent ! L'autre jour, j'ai lu votre signature au bas d'un article publié dans une de nos parutions. Mais dites-moi, ajouta-t-il, vous vous êtes fait un nom, ces temps derniers.

— Ce n'est rien, cher monsieur. Tout le mérite en revient au hasard, selon votre théorie favorite... Votre charmante fille a eu tout loisir de m'en parler !

En même temps, il se tourna vers Carol qui demeurait abasourdie par une telle entrée en matière.

— Tiens donc, déclara M. Sinclair avec une moue amusée, ma fille entretient donc ses amis des théories fumeuses de son père ? Décidément, on aura tout vu !

— Votre influence sur elle est plus grande que vous ne le pensez, précisa Kevin avec une lueur de malice dans le regard. En tout cas, je suis ravi que vous soyez là ! Si nous allions dîner ? Je connais un restaurant excellent ; d'ailleurs, Carol ne me contredira pas, n'est-ce pas ?

Embarrassée, la jeune fille ne sut que répondre.

— C'est une très bonne idée, monsieur Corrigan, finit par dire son père. Je crois que ma femme meurt de faim et, pour ma part, j'ai bien envie de visiter Memphis. Après tout, jusqu'ici nous n'avons vu que l'aéroport.

— Appelez-moi Kevin, proposa celui-ci avant de se tourner vers son hôtesse. Puis-je me servir du téléphone, Carol ? Je vais essayer de réserver une table au Pier.

Sans attendre, il décrocha le combiné tandis que la jeune femme notait avec amusement les regards significatifs qu'échangeaient ses parents. Elle en profita pour s'éclipser un instant.

Encore bouleversée par leur arrivée impromptue, la jeune femme se demandait quelle conduite allait bien pouvoir adopter son compagnon.

S'il se laissait entraîner par son penchant pour les discussions intellectuelles, les réactions de ses parents, surtout celles de son père, seraient incontrôlables! Ils ne manqueraient pas de critiquer la naïveté dont Kevin ferait immanquablement preuve et, pour une raison obscure, Carol souhaitait qu'il leur fît bonne impression.

A sa grande surprise, elle s'aperçut qu'elle commençait à croire au monde merveilleux que lui avait si patiemment dépeint Kevin. L'éventualité de pouvoir y vivre avec lui ne lui paraissait plus si fantaisiste. Hélas! La venue de ses parents remettait ce doux projet en question de manière brutale!

L'appréhension de la jeune femme ne fit que croître durant le trajet vers le fleuve. A l'inverse, Kevin était tout à fait décontracté. Il fit même un détour par un coin pittoresque et peu connu des environs de Memphis. Sans se montrer enthousiastes, M. et Mme Sinclair eurent toutefois le bon goût d'avoir l'air intéressés par le site. Ils arrivèrent près du Mississippi au moment du coucher du soleil. L'or du crépuscule illuminait les cheminées des bateaux, allumant des lueurs d'incendie. Tel un vaisseau fantôme, le Pier était à quai; assourdies par la brume, des voix leur parvenaient du pont où les fanaux roux couraient en se balançant.

— C'est vraiment dommage que vous ne restiez pas plus longtemps, fit Kevin en les guidant sur la passerelle du restaurant. Rien de tel qu'une croisière sur un de ces navires pour se détendre!

De nouveau, Carol vit ses parents échanger un regard éloquent; là aussi, ils éprouvaient des sentiments mitigés; une croisière, quelle perte de temps! Néanmoins, ils eurent la délicatesse de n'en rien laisser paraître.

Kevin s'assit près de Carol, poussant même la familiarité jusqu'à frôler sa jambe. La jeune femme allait de surprise en surprise. Il n'y avait pas d'erreur, il semblait s'amuser vraiment !

Bientôt, Kevin fit habilement porter la conversation sur les bienfaits des fruits de mer puis, par un de ces coq-à-l'âne dont il avait le secret, amena le père de Carol sur son sujet favori, la physique.

— Je ne suis qu'un enseignant, expliqua ce dernier. J'essaie d'inculquer quelques notions à cette armée de cancres dont j'ai la charge !

Le père de Carol avait l'habitude de minimiser l'importance de ses fonctions de manière exagérée, et ce, afin de sonder son interlocuteur ; fort heureusement, Kevin sut ne pas tomber dans le panneau.

— Allons donc ! Vous êtes trop modeste ! Il n'y a rien de plus difficile que de former des jeunes. Il faut assurer la relève, et la plupart des savants sont incapables de transmettre leur savoir.

Carol attendait la réaction de son père ; visiblement il ne se sentait plus de joie ! Cependant il se récria :

— Certes tout est affaire de point de vue ; néanmoins, un professeur obscur comme moi ne mérite pas tant de compliments.

— Détrompez-vous, monsieur, répliqua aussitôt Kevin qui, manifestement, ne voulait pas clore cette discussion. J'ai toujours pensé que les enseignants formaient en quelque sorte l'épine dorsale de la nation. Bien sûr, certains sont un peu trop traditionalistes à mon goût ; mais... je me souviens de l'un de mes professeurs qui ne faisait que des cours magistraux. Il s'évertuait à démontrer la fausseté de toutes les nouvelles théories !

— C'est là un phénomène éternel, fit remarquer le père de Carol, qui écoutait attentivement ses arguments.

— Vous ne savez pas le plus drôle ! Un jour, il nous a confié qu'il s'efforçait de nous former le jugement, afin que nous puissions, dans un futur lointain, le contredire décemment ! Il nous trouvait tellement ignorants, voyez-vous !

A cet instant, les parents de Carol éclatèrent de rire. Il était clair qu'ils avaient eux-mêmes vécu ce genre de situation que Kevin dépeignait avec humour.

— N'empêche que c'est grâce à lui que je me suis intéressé plus tard à la théorie des quanta, reprit-il. Il faut dire que ce problème ouvre des perspectives fascinantes. Prenez, par exemple, le phénomène de l'antimatière...

En entendant ces paroles qui pour elle étaient du jargon, Carol se tourna vers son père. Cette fois-ci, il réagit exactement comme elle s'y attendait.

— Cher ami, je ne vous suivrai pas sur ce terrain. Tout ceci est bien trop compliqué pour moi. Je n'admets que les phénomènes démontrables, le reste n'est qu'hypothèse sans fondement réel.

— Votre scepticisme vous honore, monsieur, mais de l'avis de nombreux savants, dont je suis, ces preuves existent bel et bien ; pour l'instant, elles sont encore cachées dans l'univers. Attendez quelques années et...

Incapable de suivre la conversation, Carol se tourna vers sa mère dans l'espoir de s'entretenir avec elle mais, à son grand étonnement, elle constata que celle-ci était subjuguée par les propos de Kevin. Cet homme est redoutable ! songea-t-elle. Pire que Merlin l'Enchanteur !

Dans de meilleures dispositions, M\ :sup:`me` Sinclair finit par lui faire des compliments sur sa tenue.

— Quelle magnifique robe tu as, lui dit-elle. Elle est nouvelle, n'est-ce pas ?

— Oui. Je l'ai achetée la semaine dernière.

— Elle te va très bien ! Et depuis combien de temps te coiffes-tu ainsi ?

— Oh ! C'est pour sortir. Lorsque je travaille, je me fais un chignon.

— Eh bien ! c'est une heureuse initiative qui ne doit pas déplaire à Kevin...

Elle lança à sa fille un regard complice.

Confondue par la perspicacité de sa mère, Carol sentit le sang affluer à ses joues. Pour faire diversion, elle demanda :

— Pourquoi allez-vous à Boston, au juste ?

— En principe pour une conférence, mais en fait c'est aussi pour prendre quelques vacances. A notre âge, on a bien le droit de savourer l'existence. Nous avons assez travaillé !

Carol ne sut que répondre à cette déclaration inattendue. L'attitude de ses parents la désorientait de plus en plus, et il s'en fallait de peu que ce ne fût elle qui leur fît la morale ! Jusqu'à son père chez qui elle notait une patience qu'elle n'avait jamais remarquée auparavant !

La soirée passa comme dans un rêve ; les paradoxes les plus déconcertants fleurissaient sur les lèvres de son père tandis que sa mère, si réservée d'ordinaire, s'épanouissait à vue d'œil. Kevin régla discrètement l'addition et proposa de faire un détour afin de montrer aux parents de Carol les curiosités de Memphis.

— Imaginez que votre fille n'a même pas été voir Beale Street depuis qu'elle est arrivée ici, fit-il remarquer avec malice.

— C'est incroyable ! s'exclama aussitôt son père. Qui n'a pas vu Beale Street au moins une fois dans sa vie ?

— Mais enfin, vous semblez oublier que je travaille ! rétorqua la jeune femme stupéfaite par ces critiques.

— Il faut parfois songer à s'amuser, ma chérie, déclara sa mère avec une intonation de doux reproche.

Vexée, Carol n'ajouta pas un mot pendant tout le trajet malgré les coups d'œil taquins que lui lançait

130

Kevin dans le rétroviseur. Puisque le monde était à l'envers, mieux valait lui laisser suivre son cours !

Une fois revenue à l'hôtel, Carol raccompagna ses parents dans leur chambre. Lorsqu'elle se retrouva seule avec Kevin, elle s'apprêtait à lui demander les raisons de sa conduite mais, bientôt, ils furent pris d'un fou rire irrésistible.

— Alors, que pensez-vous de mon numéro de charme ?

Attendrie, elle se jeta dans ses bras.

— Je crois que vous êtes un génie !

— Disons que je suis votre bon génie, murmura-t-il à son oreille tout en lui caressant les cheveux.

— Kevin, comment avez-vous fait pour changer à ce point mes parents ?

— Je ne les ai pas changés, ma chérie. Je vous ai aidée à les voir différemment, voilà tout.

— Vous avez été si merveilleux, Kevin ! C'est si bon de vous savoir auprès de moi, dit-elle dans un souffle en se serrant plus fort contre lui.

— Vous m'avez tellement manqué aujourd'hui, Carol ! Toute la journée, j'ai attendu cet instant.

Emu, il déposa un tendre baiser sur les lèvres offertes de la jeune femme.

— Moi aussi, Kevin, chuchota-t-elle en répondant à son étreinte.

— Encore un baiser, et je pars, sinon vos parents vont perdre la bonne opinion qu'ils ont de moi ! Ecoutez-moi, Carol. Demain matin, appelez-moi dès qu'ils seront partis. Je vous veux tout à moi. Juré ?

— Juré.

Ils échangèrent encore un long baiser d'adieu, puis Carol le laissa partir à regret. Elle l'observa qui marchait dans le couloir désert jusqu'à ce qu'il ne fût plus qu'une ombre, puis elle rentra lentement dans sa chambre, encore sous le charme de cette soirée inattendue.

11

Carol se réveilla juste à temps pour raccompagner ses parents à l'aéroport. Elle avait veillé une partie de la nuit tant les rebondissements de sa vie présente et passée lui semblaient étonnants.

Durant le dîner, la jeune femme avait dû admettre que ses parents avaient changé, et plutôt à leur avantage. A moins que ce ne fût elle ?

Evidemment, son père ne s'était pas entièrement rangé à l'avis de Kevin. Cet homme très pragmatique se retranchait dans un scepticisme forcené chaque fois qu'on évoquait devant lui la question de l'antimatière. Mais hormis ce domaine, ils avaient réussi à trouver des terrains d'entente.

Kevin avait plu à ses parents, elle ne pouvait le nier. A la réflexion, il n'y avait là rien d'anormal. Kevin était un homme brillant ; malgré son jeune âge, il signait des articles retentissants, sa position était unanimement reconnue dans les milieux scientifiques des Etats-Unis. Sans nul doute, une belle carrière s'ouvrait devant lui. Sa réussite financière n'était pas négligeable non plus. A la manière dont il vivait, on devinait une certaine aisance.

Lorsqu'elle revint de l'aéroport, vers deux heures de l'après-midi, Carol se félicitait de cette rencontre impromptue. Au total, cette soirée avait été fort instructive. Elle riait encore en se souvenant du visage de sa mère quand celle-ci lui avait dit d'un ton grave : « Cet homme est parfait, tu ne trouveras jamais mieux. »

Sur cette confidence inattendue, cette dernière était allée se coucher, mais la jeune femme se doutait que ses parents avaient dû discuter de l'avenir de leur fille jusque tard dans la nuit. Cependant, qu'auraient-ils pensé s'ils l'avaient aperçu tel qu'il était vêtu, une semaine auparavant, métamorphosé en un personnage pittoresque et altier répondant au nom étrange d'Altagor ? A coup sûr, ils l'auraient cru fou à lier !

En songeant à cette éventualité saugrenue, Carol dut admettre que deux individus distincts coexistaient chez Kevin sans qu'elle pût démêler de façon certaine lequel prévalait sur l'autre. Peut-être étaient-ils indissolublement liés ?

Tout en réfléchissant, elle se gara dans le parking réservé aux voitures de fonction. L'hôtel était plongé dans une quiétude que nul mouvement ne venait troubler. A la hâte, la jeune femme traversa la réception déserte avant de prendre l'ascenseur qui la conduisait vers son appartement. Elle avait failli appeler Kevin à l'aéroport afin de le prévenir de son arrivée, mais y avait finalement renoncé.

Comme elle arrivait à sa porte, Carol aperçut la silhouette familière de Kevin dans le couloir. Assis sur une chaise, il semblait l'attendre et se leva vivement quand il la vit.

— Oh ! Vous êtes là ! Je suppose que vous revenez de l'aéroport ?

Carol hocha la tête d'un air surpris.

— Eh bien ! c'est parfait, poursuivit-il tandis qu'une expression de gêne se dessinait sur son visage. Voyez-vous, j'attendais votre arrivée avec impatience ; je vous ai appelée vers onze heures. Comme il n'y avait personne, je suis passé à tout hasard.

— Vous êtes ici depuis trois heures ! s'exclama-t-elle sans pouvoir dissimuler son étonnement.

— Oui. Enfin, j'ai fait quelques allées et venues, fit-il d'un ton désinvolte. Les sujets de réflexion ne m'ont pas manqué, mais je vous en parlerai plus tard, ajouta-t-il mystérieusement. Si nous allions déjeuner ?

— D'accord, répondit la jeune femme après une brève hésitation. Mais qu'auraient pensé mes parents s'ils vous avaient vu m'attendre ainsi ?

— Eh bien ! ils auraient constaté que je ne pouvais pas me passer de vous.

Il lui prit tendrement le bras.

— Ecoutez-moi, Carol, par un si beau dimanche, ce serait une honte si nous ne profitions pas un peu des agréments qu'offre cette ville merveilleuse !

— Je vous prends au mot ! s'exclama-t-elle joyeusement en voyant qu'il avait repris sa bonne humeur coutumière. Faites-moi faire un tour complet de Memphis !

— Vous avez gagné. Nous irons partout. Y compris à Mud Island. Vous verrez, c'est magnifique, surtout au printemps.

Ils quittèrent l'hôtel et roulèrent dans les rues désertes en quête d'un restaurant ouvert le dimanche après-midi. Un quart d'heure plus tard, ils étaient attablés sur une délicieuse petite terrasse ombragée où ils dégustèrent avec appétit un *brunch* bien servi.

— Cette coutume américaine est incomparable ! s'exclama avec enthousiasme la jeune femme en faisant allusion au copieux repas qu'ils venaient de savourer. C'est vraiment astucieux de combiner le petit déjeuner et le déjeuner en un seul repas !

— Bien parlé, répondit Kevin qui avait gardé un silence inhabituel pendant ce petit festin. Si nous allions nous promener ? ajouta-t-il distraitement.

Kevin semblait plus préoccupé qu'à l'ordinaire. Elle se demanda pourquoi, mais décida de n'en rien laisser paraître et de tout faire pour qu'ils passent un bon après-midi. Dès qu'ils furent dans la voiture, elle appuya sa tête sur son épaule.

— Que voulez-vous me montrer, Kevin ?

— Oh ! Beaucoup de choses, en vérité. Je doute même que nous ayons le temps de tout voir. Il y a le musée qui regorge de curiosités historiques ; cela devrait vous plaire. Il est situé sur un navire à aubes, tout près du restaurant. Le seul ennui, dit-il en regardant sa montre, c'est que nous devrons être au Peabody avant cinq heures si nous voulons voir les canards. Qu'en dites-vous ?

— Je vous fais entièrement confiance, répondit-elle, toujours nichée au creux de son épaule tandis que la voiture filait le long de la jetée. Mais parlez-moi de ces canards ; de quoi s'agit-il ? J'en entends parler depuis mon arrivée à Memphis et je n'ai jamais osé demander d'explications de peur de paraître stupide.

— Oh ! C'est très simple ! Le Peabody est le plus vieil hôtel de la ville et, à ce titre, il est classé monument historique. La coutume veut que les canards occupent la fontaine centrale, car ils sont considérés comme les premiers habitants de ce site. Tous les troisièmes dimanches du mois, la direction de l'hôtel est tenue de changer l'eau du bassin, si bien que ces charmants volatiles sont réduits à l'exode pendant une nuit. Les habitants de Memphis viennent donc en famille assister à leur départ. C'est très amusant, vous verrez.

— Certainement. En attendant, je veillerai à ce

qu'aucun client ne se présente au Merryweather en compagnie d'un canard, fût-il en peluche ! On sait comment cela commence, mais...

— ... on ignore comment cela finit, n'est-ce pas ? ajouta-t-il d'un ton étrangement sérieux pour la circonstance. Tenez, nous voilà au bateau !

Le musée présentait une grande variété d'outils et d'ustensiles d'époque placés dans un décor reconstitué qui éveilla l'intérêt de la jeune femme. A l'extérieur, le pont en bois était couvert de balles de coton, comme si le navire venait de quitter une plantation. Carol s'extasia devant cette minutieuse évocation d'un passé révolu.

— Kevin, dit-elle en prenant le bras de son compagnon, ne serait-ce pas une bonne idée que d'organiser un bal sur ce pont avec l'orchestre qui jouerait devant l'énorme roue à aubes ? Tous les invités seraient en costume d'époque ; je vous vois très bien en matelot !

— Et vous en belle dame du Sud.

A cette idée, il sourit.

— Il faudra y songer pour le congrès de l'année prochaine, ajouta-t-il, tandis qu'il l'entraînait sur la passerelle.

Cette vision romantique la plongea dans une rêverie profonde, et elle ne comprit pas pourquoi Kevin partait aussi vite.

— Quel endroit ravissant ! fit-elle. Vous avez eu une excellente idée.

— Tout le plaisir était pour moi ; mais allons au Peabody ; croyez-moi, vous n'avez encore rien vu !

Presque à regret, Carol remonta dans la voiture. Elle dut reconnaître lorsqu'ils arrivèrent que le vieil hôtel, d'ailleurs toujours en service, représentait l'un des plus beaux édifices qu'elle ait jamais vu. Il était construit comme un véritable palais vénitien, avec des fenêtres en ogive et des colonnades marmoréennes qui soutenaient une magnifique voûte patinée par le temps.

— Cet hôtel a été bâti au début du siècle d'après les plans d'un richissime inconnu qui se piquait d'avoir du talent. A sa façon, c'était un artiste. Allons voir la fontaine, c'est un régal pour les yeux !

La construction de marbre était formée d'une série de bassins superposés de taille décroissante, soutenus par des personnages sculptés représentant les différentes époques de l'humanité. La dernière vasque, délicatement ouvragée, était supportée par quatre chérubins souriants. En revanche, le grand bassin était occupé par une multitude de canards. Ils s'ébattaient, offrant un spectacle cocasse aux nombreux visiteurs qui se pressaient autour de la vénérable fontaine.

— Comme c'est drôle ! s'exclama Carol. Ils ont l'air tout à fait dans leur élément !

— Mais ils le sont, et cet hôtel constitue leur royaume. Gare à celui qui les offense !

Comme s'il avait entendu, l'un des volatiles nasilla en direction de Kevin.

— Que me veux-tu, aimable canardeau ?

Joignant le geste à la parole, Kevin s'agenouilla devant l'animal bavard tandis que Carol, prise d'un fou rire, s'esclaffait.

— Ils sont vraiment très spéciaux, reprit-il en se redressant. En fait, ils sont organisés de façon quasiment militaire. Vous allez voir ; il est juste cinq heures !

A ce moment précis, une sonnerie retentit, et deux employés vinrent cérémonieusement dérouler un tapis rouge entre les deux fontaines les plus proches. Aussitôt, les canards sortirent de l'eau puis, escortés par le personnel en livrée d'apparat, ils se dirigèrent en ordre vers leur second foyer au son d'une musique martiale diffusée par les haut-parleurs de l'hôtel tandis que les curieux s'attroupaient le long de leur chemin.

— On dirait une parade royale, fit Carol touchée par la maladresse des canards.

— Peut-être pensent-ils que cet hommage leur est dû et que nous sommes là pour les distraire, répondit Kevin en prenant la main de la jeune femme dans la sienne.

— Quelle idée étrange !

— Pourquoi pas ? Dans leur réalité... Mais si nous rentrions à l'hôtel ? demanda-t-il à brûle-pourpoint.

Ils regagnèrent lentement le parking tandis qu'au loin des acclamations saluaient l'arrivée des canards dans leur second port d'attache.

— Vous avez l'air bien pressé, dit-elle, taquine.

— C'est vrai. Il faut que je vous parle.

Avec courtoisie, il lui ouvrit la portière de la voiture.

— Ce n'est pas une mauvaise surprise au moins ?

L'interrogeant du regard, elle se pelotonna contre lui.

— Enlevez votre main du volant, Carol, dit-il, sinon nous allons avoir la mauvaise surprise d'atterrir dans le fossé.

Avec un profond soupir, la jeune femme s'écarta à regret.

— J'ai tellement hâte de savoir !

— Pas tout de suite, Carol, ne vous inquiétez pas. Ce soir, je vous dirai tout. Rappelez-vous que je dois partir demain très tôt.

— Vous n'êtes pas chic, Kevin ! protesta-t-elle d'une voix câline. Je croyais avoir affaire à un héros, et voici que vous vous conduisez comme un vrai maraud !

— Vous êtes injuste, Alissa, répondit-il sans quitter la route des yeux. Vous avez une bien piètre opinion d'Altagor. Son devoir n'est-il pas d'être chevaleresque, toujours et en tout lieu ?

— Un vrai surhomme, en quelque sorte ?

— Exactement. Je suppose que cela vous paraît un peu enfantin...

— Pas du tout ! Le monde, cet univers déshumanisé, a plus que jamais besoin d'un héros. On dirait que les gens sont blasés, que plus rien n'est susceptible de les intéresser. C'est terrifiant, quand on y pense !

— N'est-ce pas aussi de leur faute ? Comme je vous l'ai déjà dit, tout repose sur l'attitude que l'on adopte face à la vie. Mais je vous ennuie avec mes idées. Vous devez commencer à les connaître...

Carol n'était pas loin d'être convaincue mais, dans l'immédiat, elle n'avait qu'une envie : se blottir dans ses bras. Aussi toutes ces élucubrations lui semblaient-elles d'un mince réconfort !

Ils étaient arrivés et, pour une fois, l'hôtel Merryweather lui parut un havre délicieux.

Plus la soirée s'avançait et plus le visage de Kevin s'assombrissait. Au lieu de monter dans son appartement, il lui proposa d'aller prendre un apéritif dans un coin tranquille du bar. Carol le suivit sans mot dire, non sans ressentir une sourde appréhension.

Lorsque le serveur leur eut apporté à chacun un Martini, Kevin éleva son verre pour célébrer leurs aventures présentes et à venir. Ce préambule ne fit rien pour rassurer la jeune femme qui décelait une anxiété grandissante chez son compagnon. Elle adopta un ton badin afin de briser cette atmosphère trop solennelle.

— Eh bien ! A nous deux ! s'exclama-t-elle après avoir bu une première gorgée. Et maintenant, de quoi s'agit-il ? ajouta-t-elle en faisant voleter sa chevelure autour de ses épaules d'un mouvement charmant.

Kevin soupira. Visiblement, il lui en coûtait de parler.

140

Un long silence s'instaura entre eux, meublé par le bourdonnement discret du ventilateur. Ils buvaient, se jetant de brefs coups d'œil à la dérobée.

Soudain, Carol se pencha vers lui.

— Qu'y a-t-il, Kevin ? Pourquoi semblez-vous si gêné ?

— Eh bien ! Pour la première fois, je ne suis pas à la hauteur de mon rôle, et je suis loin d'être aussi courageux que mon héros ; il est probable qu'il se serait mieux tiré d'une telle situation.

— Quelle situation ? demanda-t-elle étonnée de le voir si nerveux. On dirait que vous allez m'apprendre une catastrophe.

— Il dépend de vous que ce n'en soit pas une. En fait, ce que j'ai à vous dire se résume en peu de mots. J'ai été muté sur la côte ouest de façon inattendue. C'est d'ailleurs pourquoi je suis parti, toute la semaine dernière.

— Muté ? répéta la jeune femme sans comprendre ce que ce fait comportait de si dramatique. Mais vous pourrez revenir souvent, n'est-ce pas ?

Kevin secoua tristement la tête tout en jouant avec son verre vide.

— Hélas ! non, Carol ! En vérité, je n'aurai aucune raison en dehors de vous de revenir à Memphis. Mes nouvelles fonctions commencent demain à la première heure. Je risque d'être très pris par mes recherches, à ce point qu'il me sera peut-être impossible d'envisager un déplacement avant plusieurs mois. Je ne viendrai plus à Memphis, sauf pour le congrès de l'année prochaine. Et encore, ce n'est même pas sûr.

— L'année prochaine ? répéta Carol, au comble de la surprise.

— Oui, Carol, l'année prochaine. Mais il y a certainement une solution !

— Vous croyez ?

— Venez donc avec moi, dit-il soudain.

Ainsi il venait d'abattre ses cartes! Stupéfaite, Carol n'en croyait pas ses oreilles.

— Je sais que c'est un peu prématuré, reprit-il. Il aurait mieux valu que nous nous rencontrions plus tôt, mais on ne peut changer le cours des événements comme on le voudrait, n'est-ce pas? Carol! Regardons l'avenir en face. Cette opportunité ne se représentera plus. Il me faut la saisir! Par pitié, dites quelque chose!

D'une voix blanche, elle murmura :

— Vraiment, je ne sais quoi vous répondre. C'est si soudain! ajouta-t-elle pour gagner du temps.

— Réfléchissez un instant, dit-il pour la mettre à l'aise.

Effondrée, la jeune femme se prit la tête entre les mains sans se soucier des clients qui les observaient. Elle revivait le même cauchemar. Pire encore! Elle avait réussi à oublier Andy, et voilà que tout recommençait avec Kevin. Elle avait bien entendu! Il lui demandait tout simplement de quitter sa situation pour le suivre dans cet endroit inconnu où rien ne l'appelait!

Un instant, elle repensa à l'année qu'elle venait de vivre. Elle n'allait pas renoncer après tant d'efforts ni tout sacrifier à un avenir plein d'incertitudes!

Bien sûr, la venue de ses parents lui avait ouvert les yeux sur bien des aspects de sa vie qu'elle avait négligés jusqu'à présent, mais son activité professionnelle lui donnait une indépendance qu'elle n'était pas près d'abandonner.

Essuyant les larmes qui perlaient à ses paupières, elle porta un regard glacial sur Kevin. Hélas! Jamais leurs réalités ne se rejoindraient, que ce soit dans ce monde ou dans un autre!

— Je ne peux pas quitter mon travail, Kevin, déclara-t-elle d'une voix tremblante.

— Je comprends que cela vous pose un problème

sérieux, mais songez que vous pourrez facilement trouver une bonne situation, là-bas.

— Facilement ? N'essayez pas de me flatter ! Je vous le répète : je ne peux pas quitter mon poste. Il m'a coûté trop d'efforts pour que je puisse envisager de recommencer ma vie ailleurs, quand bien même ce serait pour vous suivre.

— Je nous trouverai un endroit où vivre, reprit-il comme s'il n'avait pas entendu ses dénégations. J'installerai tout de façon à ce que vous ayez le temps de prendre vos dispositions avant de venir me rejoindre.

— C'est impossible, Kevin, comprenez-vous ? Impossible ! Je ne peux pas recommencer la même erreur. Même si je le pouvais, je ne le voudrais pas ! Pourquoi me torturez-vous ainsi ? s'écria-t-elle à bout de nerfs. Partez maintenant. Vous m'entendez ? Partez ! ajouta-t-elle, insensible à la supplication muette qu'elle lisait dans ses yeux.

Kevin l'observa, puis il se leva après avoir déposé un billet sur la table.

— Eh bien ! puisque vous le voulez, je m'en vais, déclara-t-il froidement. Je me suis mépris sur vous, et je vois à présent qu'il est inutile et cruel pour tous deux de persévérer, puisque vous ne voulez rien entendre. Je croyais — à tort, je l'admets — vous avoir convaincue de regarder le monde autrement qu'à travers votre scepticisme glacé, tant pis ! Continuez donc à vivre selon vos règles, je ne ferai plus rien pour vous en dissuader. Puisque vous prisez tant la sécurité, vous voilà libre d'y consacrer le reste de votre existence ! Il y a un instant, vous étiez libre d'accepter le bonheur. Vous avez choisi en toute conscience. Pourquoi irais-je à l'encontre d'une décision si absurde ? Adieu, Alissa, et merci pour tout !

Sur ces mots, Kevin partit, sans se soucier du

regard désespéré que la jeune femme portait sur lui à travers ses larmes.

Ecrasée par un sentiment de détresse, Carol demeura assise, incapable d'accomplir le moindre geste pour le retenir.

Pourquoi ? Pourquoi n'avait-elle pas osé prendre le risque de tout quitter pour l'homme qu'elle aimait ?

Car elle l'aimait. Elle n'avait même jamais aimé personne autant que lui. Au fond de son désarroi, elle vit monter le spectre d'Andy et sut qu'elle ne réussirait pas plus avec lui qu'avec l'autre...

12

Les jours, puis les semaines passèrent, tous aussi désespérément vides, sans jamais apporter de nouvelles de Kevin. Pour Carol, chaque nuit amenait son cortège de regrets et de remords. Comment avait-elle pu refuser une telle proposition ? Jamais ses parents ne comprendraient les raisons d'un si brusque revirement. Ce n'était même pas la peine de les appeler pour leur demander conseil !

Après le départ précipité de Kevin, la première réaction de la jeune femme avait été de décrocher du mur le tableau représentant Pégase, puis elle s'était jetée dans un travail acharné qui l'occupait tard dans la soirée, malgré les avertissements bienveillants de Betty. Ayant peur d'affronter ses cruelles insomnies, elle déambulait toutes les nuits dans les couloirs déserts de l'hôtel, mais rien n'y faisait. Même lorsqu'elle était en proie à l'épuisement le plus total, son sommeil était peuplé de cauchemars où Kevin apparaissait sous les traits d'Altagor qui proférait à son encontre les pires malédictions !

Au bout d'un mois, Carol se réveilla une nuit,

décidée à reprendre ses esprits. Il était inutile de le nier ; elle avait commis une terrible erreur en repoussant Kevin de façon aussi brutale. Pourvu qu'il ne soit pas trop tard ! se dit-elle.

Elle aurait dû accepter de quitter son travail à l'hôtel pour le suivre dans ses aventures. De toute manière, cet emploi n'avait jamais constitué qu'un substitut à l'amour sincère qu'elle désirait trouver depuis sa séparation avec Andy. Seule la peur d'être à nouveau meurtrie par un homme l'avait empêchée de jouer son va-tout et, à présent, elle se retrouvait prisonnière de la pire des solitudes, celle que l'on ne choisit pas mais que le sort vous destine si vous ne faites rien pour le contrer...

Si seulement elle pouvait le retrouver, elle irait aussitôt vers lui afin de lui prouver qu'elle était prête à partager sa réalité !

Epuisée par ces vains efforts, la jeune femme s'endormit, accablée par son impuissance.

Au matin, Carol se leva, rompue de fatigue, puis elle partit travailler, toujours obsédée par cette même pensée ; coûte que coûte, il lui fallait retrouver Kevin, où qu'il fût ! Peut-être devrait-elle écrire à son ancienne adresse en espérant que ce courrier lui serait transmis ? Mais cela prendrait des jours, et Carol sentait qu'elle ne pourrait pas tenir plus longtemps sous l'emprise d'une telle anxiété !

Lorsqu'elle rentra dans son bureau, un miracle se produisit sous la forme d'un bulletin mensuel qu'elle vit sur son bureau : *Fiction et Anticipation.*

Aussitôt, la jeune femme prit avidement connaissance de la publication. Le prochain congrès de science-fiction devait se tenir le week-end suivant à Little Rock, dans l'Arkansas. Il s'agissait d'un événement inhabituel ; une vente aux enchères aurait lieu où serait proposée au public la collection complète des œuvres de Boris Vallejo, dont le fameux tableau intitulé : *Guerrière au crépuscule.*

En lisant cette annonce, le cœur de Carol bondit dans sa poitrine. Ce tableau ne représentait-il pas la fière héroïne à laquelle Kevin l'avait comparée, un soir de tendresse ? En proie à ce doux souvenir, les pensées de la jeune femme prirent soudain un tour plus concret ; c'était une occasion inespérée ! Kevin viendrait probablement à la convention afin d'assister à la mise en vente de sa peinture favorite !

Carol vérifia une nouvelle fois la date. Aurait-elle le temps ? Sans perdre un instant, la jeune femme saisit son téléphone. Malgré toutes ses obligations, elle irait à Little Rock, même si elle ne devait le voir que quelques minutes ! Il était parti depuis un mois maintenant, plus de temps qu'il n'en fallait pour l'avoir oubliée tout à fait, mais tant pis !

Quel que soit le résultat de sa démarche, elle en aurait du moins le cœur net.

Deux jours plus tard, habillée de pied en cap du costume que lui avait offert Kevin, la jeune femme pénétra d'un pas résolu dans le hall de l'hôtel où se tenait le congrès. Elle avait longuement hésité avant de revêtir ce déguisement mais, mue par un curieux pressentiment, elle songea qu'il lui porterait bonheur.

C'était un signe, peut-être ferait-il incliner la balance capricieuse du destin en sa faveur !

Fiévreuse, elle cherchait Kevin dans la foule bariolée qui se pressait déjà a la réception. Sans accorder le moindre regard aux curieux qui se retournaient sur son passage, Carol se contempla une dernière fois dans un grand miroir avant d'affronter les nombreux groupes de participants qui se dirigeaient vers la salle de conférences. Elle eut un bref sursaut en reconnaissant la silhouette familière d'un robot verdâtre qui la saluait avec componction dans son costume rigide.

La jeune femme regarda nerveusement sa montre.

Bientôt, tous les invités seraient réunis pour la vente aux enchères qui précédait le bal masqué. Après avoir ajusté son loup noir sur son visage, Carol alla s'asseoir dans la salle. Plus d'une fois, elle se retourna afin d'apercevoir l'élu de son cœur mais, à son grand désappointement, celui-ci n'apparut pas.

Etait-il possible qu'il ne soit pas venu ?

La vente aux enchères commença dans un silence recueilli. Il fallait que l'occasion fût particulièrement solennelle pour obtenir une pareille concentration de la part des participants, d'ordinaire si turbulents ! Avec intérêt, chacun suivit les premières transactions. Ce Boris Vallejo devait être un grand artiste, à en juger par la précipitation fiévreuse des divers acheteurs ! La moindre esquisse partait pour des sommes importantes...

La vente se poursuivit, ponctuée par des murmures admiratifs lorsqu'un amateur très motivé finissait par obtenir de haute lutte le tableau de ses rêves. Tandis que la foule était suspendue aux lèvres du commissaire-priseur, Carol cherchait dans la foule l'homme de sa vie.

Au fil des minutes, son absence se faisait plus cruellement sentir. Tout à coup, la voix puissante de l'adjudicateur se fit entendre dans un silence complet, comme si le point culminant de la soirée était arrivé :

— Et maintenant, mesdames et messieurs, chers robots et dragons, l'instant est venu de clore cette journée. Voici le clou de cette vente, la fameuse *Guerrière au crépuscule* de Boris Vallejo, notre artiste renommé. Le prix est fixé à dix mille dollars. Qui dit mieux ?

Mue par une impulsion incontrôlée, Carol leva aussitôt la main, attirant immanquablement l'œil exercé du commissaire-priseur. Partout dans la salle, des gens se retournèrent pour voir l'audacieux amateur. La jeune femme savait qu'elle commettait la pire folie de son existence, mais l'absence de Kevin avait fait naître en son esprit une irrésistible envie de revanche qu'il lui fallait à tout prix assouvir même si, pour cela, elle devrait s'endetter pour le restant de ses jours ! De toute façon, se dit-elle, mes économies suffiront à couvrir cet achat inconsidéré... à condition que l'enchère ne soit pas trop élevée !

Malheureusement, l'adjudicateur ne tarda pas à désigner un autre point dans la salle, invisible aux yeux de la jeune femme.

— Onze mille à ma gauche ! Madame ?

Carol n'hésita pas une seconde. Si elle n'obtenait pas ce tableau, il ne lui resterait aucun souvenir de sa rencontre avec cet être extraordinaire qu'elle regrettait plus que jamais.

— Onze mille cinq cents à ma droite ! Monsieur ?

Au fil des enchères, la jeune femme se sentait défaillir. Qui donc voulait la déposséder de son trésor ? N'était-elle pas la seule à en connaître le symbole ? Elle s'acharna donc tandis que chaque offre la mettait au supplice. L'assistance retenait littéralement son souffle, subjugée par ce duel sans merci. Au bout de cinq minutes, Carol sentit vaciller son dernier espoir. L'enchère atteignait une somme démesurée qu'elle n'était pas en mesure de débourser sans compromettre gravement son avenir.

— Quinze mille, une fois ! Madame ? Non ?

C'en était trop ! Elle ne pouvait plus suivre.

Elle avait perdu. Pour toujours.

— Quinze mille, deux fois ! Quinze mille, trois fois ! Adjugé ! tonna la voix du commissaire-priseur, au grand désarroi de la jeune femme. Approchez donc, monsieur, que l'assistance vous félicite.

Une salve d'applaudissements crépita dans la foule admirative.

La jeune femme, stupéfaite, vit s'avancer sous les

acclamations un homme de grande taille, déguisé et masqué exactement comme elle. Lorsque le personnage énigmatique fut parvenu sur l'estrade, on lui fit une ovation, puis le commissaire-priseur lui serra la main avant de s'adresser au public attentif :

— Permettez-moi de vous présenter l'heureux acquéreur de la *Guerrière au crépuscule,* que tout le monde aura reconnu malgré son déguisement : Boris Vallejo lui-même !

Le public enchanté se mit à taper des pieds d'enthousiasme tandis que Carol, abasourdie, observait la scène.

— Ce grand artiste, expliqua l'adjudicateur, aura donc tenu à récupérer son propre tableau qu'il avait cédé à vil prix il y a quelques années, quand il traversait une époque difficile. Justice est faite ! Mais démasquez-vous, cher ami. A présent, vous n'avez plus de raison de vouloir garder l'incognito.

L'inconnu obtempéra aussitôt tandis que le public manifestait bruyamment sa joie. La jeune femme crut s'évanouir quand elle vit apparaître sous la cagoule le visage de Kevin.

Quelle était donc cette mystification ?

— Tout d'abord, dit-il, je voudrais m'excuser auprès de la jeune femme à qui j'ai ravi le tableau. Pour une raison que je ne peux expliquer sous peine d'indiscrétion, je tiens à cette peinture plus qu'à la prunelle de mes yeux. J'espère que...

Kevin s'interrompit subitement en découvrant la personne à qui il adressait ses excuses : il se précipita alors vers Carol sans se soucier des gens étonnés qui s'écartaient sur son passage.

— Carol ! Enfin ! s'exclama-t-il en la prenant dans ses bras.

— Kevin ! C'est vous ? Mais je ne comprends pas, chuchota-t-elle tandis que des commentaires amusés fusaient de part et d'autre.

Une salve d'applaudissements salua cette rencontre imprévue. Kevin se tourna alors vers le public.

— Veuillez excuser cette interruption, fit-il, mais comprenez mon émotion ; j'ai retrouvé l'original...

Aussitôt il lui enleva son masque. Le visage bouleversé de Carol apparut.

— Laissez-moi vous présenter Alissa ! ajouta-t-il à la grande confusion de la jeune femme.

La foule stupéfaite put voir alors la troublante ressemblance entre la guerrière et la jeune femme.

— Ainsi prend fin de manière heureuse cette vente, dit le commissaire-priseur, lui-même ému. Je propose que nous nous rendions maintenant tous au bal.

Cette invite tira d'embarras le jeune couple rougissant, devenu le point de mire de toute la foule...

Quelques minutes plus tard, Kevin et Carol se retrouvèrent dans un coin sombre du restaurant transformé pour l'occasion en salle de danse. Sans avoir pensé à remettre leurs masques, ils ne se quittaient pas des yeux.

— Carol ! C'est merveilleux de vous revoir ! Si vous m'expliquiez ?

— Oh ! Non ! Je crois que c'est plutôt votre tour, répliqua-t-elle d'un ton mutin.

— Bien sûr, je vous dois quelques explications, mais d'abord buvons à notre réunion, dit-il en élevant son verre.

La jeune femme en fit de même.

— Eh bien ! c'est assez simple, reprit-il. Il y a quelques années, tout en suivant mes études d'ingénieur, je me suis mis au dessin et, après les encouragements de mes amis, je me suis lancé dans l'illustration d'ouvrages d'anticipation. Au début, ce n'était qu'un passe-temps mais, peu à peu, à en croire les critiques autorisés, mon talent s'est affirmé, et j'ai reçu de plus en plus de commandes de la part d'éditeurs. Pendant quelque temps, j'ai donc mené de front ces deux activités jusqu'à ce que je sois placé devant un choix : poursuivre ma carrière de dessinateur ou devenir un savant confirmé. Mon métier m'assurant un salaire confortable, j'ai préféré me consacrer à la recherche pure, ce que j'ai d'ailleurs expliqué à votre père quand nous sommes allés au restaurant. Inutile de vous dire qu'il a chaudement approuvé mon choix !

— Mais pourquoi êtes-vous venu ici, aujourd'hui ? demanda Carol, encore incrédule.

— Pour rendre hommage à mes souvenirs de Memphis, répondit-il, songeur. A vrai dire, je n'espérais plus vous revoir, je croyais vous avoir définitivement blessée lors de notre dernière rencontre...

— Oh ! Kevin, si vous saviez !

— Quoi donc, ma chérie ?

— Combien j'ai regretté mon geste ! J'ai cherché à vous retrouver, à vous écrire, mais hélas ! en vain. Je suis venue à Little Rock pour tenter ma dernière chance, et vous êtes là. C'est merveilleux ! Me pardonnerez-vous un jour ?

— Vous pardonner ? Je ne comprends pas...

— Mon attitude. Ma fierté mal placée. Quand je pense que j'ai refusé de vous faire confiance, malgré vos promesses !

— Je voulais vous demander en mariage, Carol, mais vous ne m'en avez pas laissé le temps...

— Et maintenant ? Le voulez-vous toujours ? fit-elle d'une voix presque inaudible dans le brouhaha.

— Je n'ai pas changé d'avis, affirma-t-il avec tendresse. J'ai simplement trop tardé à vous le dire. Je vous aime, Carol, et je vous aimerai toujours, si vous voulez bien de moi.

— Tout de suite, dit-elle en caressant les cheveux de son compagnon dans la pénombre qui les abritait.

— Si nous dansions ?

Emu, il lui prit la main pour l'entraîner vers la piste.

— J'ai envie de vous tenir dans mes bras, après ce long mois de séparation, ajouta-t-il tandis que l'orchestre entamait un nouveau morceau, une valse lente.

— Au fait, dit-il négligemment en serrant la jeune femme contre lui, je vous ai trouvé un nouveau métier. Je pense qu'il vous conviendra ! Seriez-vous d'accord pour tenter l'expérience ?

— Je ferai tout pour vous, Kevin. Mais de quoi s'agit-il, si ce n'est pas trop indiscret ?

— Il s'agit précisément d'un métier indiscret, répondit-il de manière plus mystérieuse encore. Et très privé, par ailleurs...

— Je ne comprends plus, dit la jeune femme amusée par tant de précautions oratoires.

— Eh bien ! voilà : je crois que je vais reprendre la peinture.

— C'est une très bonne idée, Kevin, mais...

— J'aurai donc besoin d'un modèle. Vous me suivez ?

— Ma foi, oui.

— Et vous êtes d'accord ? Je vous préviens, ce n'est pas si facile ; il faudra vous dévêtir quand je le voudrai...

Un sourire s'épanouit sur ses lèvres.

— Et surtout, ne pas bouger. En serez-vous capable ?

— J'essaierai...

— Même si je vous embrasse ? murmura-t-il en déposant un rapide baiser sur les lèvres offertes de la jeune femme.

— Je ne sais plus...

— Moi, je sais, fit-il soudain. Vous ne serez pas le modèle, Carol, vous serez la réalité. Ma réalité !

— Notre réalité, chuchota-t-elle en se lovant contre lui. Et notre amour...

Ce livre de la collection Duo vous a plu.
Découvrez les autres séries qui vous enchanteront.

Série Pays lointains

Des histoires d'amour palpitantes, des horizons
inconnus, des paysages enchanteurs.

**Chaque roman est proposé avec une fiche-tourisme
détachable en couleurs.**

Série Amour et Mystère

Quand la passion naît à l'ombre d'un secret...
Le mystère qui fascine et souvent bouleverse la vie
vous fera battre le cœur plus fort.

Série Coup de foudre

Action, sensualité, un cocktail enivrant
pour de surprenantes rencontres.

Série Harmonie

Un tourbillon d'aventures. 220 pages de péripéties
et d'amour pour faire durer votre plaisir.

Série Romance

Rendez-vous avec le rêve et le merveilleux.
La série tendre et émouvante.

**Offre spéciale : 2 romans en 1 volume,
20,50 FF au lieu de 23 FF.**

Duo Série Désir nº 157

ERIN ROSS

Les roses du souvenir

Tandis que tout Londres s'interroge sur
les révélations de l'auteur de *Roses fanées* à propos
du drame qui a marqué sa vie, un homme et une
femme s'affrontent, seuls, sur la scène d'un théâtre
désert.
– Je cherche la vérité, Laura. Dans la pièce que vous
avez écrite, je n'ai trouvé que mensonge et
dissimulation !

Entre le metteur en scène, Michael Hawkins, et
Laura, l'écrivain, ravissante femme rousse aux yeux
verts, la guerre est ouverte, et la lutte d'autant plus
âpre que, par-delà la méfiance, l'un et l'autre
s'acharnent à combattre une passion plus forte que
le doute, plus forte que la raison.

Série Désir

Duo Série Désir n° 158

MARIE NICOLE

Tendresse et passion

Devenir une star de la chanson ! Ce rêve fou, Danie
y a presque renoncé. Il lui reste une chance,
pourtant. Certes, rencontrer le plus célèbre imprésario
de San Francisco relève de l'exploit mais,
quand on a tout perdu, rien n'est impossible ;
et Danie gagne son pari.

Intrigué par l'irruption, dans sa somptueuse limousine,
de cette adorable blonde aux yeux immensément
bleus, Clint MacPherson accepte de lui faire passer
une audition. Cependant, il hésite à prendre
une décision. En lui ouvrant les portes d'un univers
impitoyable, n'expose-t-il pas la jeune femme
à de graves dangers ?

Et, surtout, ne risquent-ils pas de succomber
à la violence d'une émotion qui, d'entrée de jeu,
les a livrés aux caprices d'une étrange tendresse ?

Duo

Série Désir

Duo Série Désir n° 159

SUZANNE FORSTER

L'invitation à l'amour

Dès l'instant où le très blond et très séduisant
Scott Tanner a croisé le chemin de Lelia McCallister,
l'imprévu et la beauté sont entrés dans la vie
de la jeune femme. Aux yeux de celle-ci dont
l'unique ambition est de devenir peintre,
Scott représente un modèle idéal, une inépuisable
source d'inspiration.

Mais peut-elle ignorer le trouble que cet homme
surgi de nulle part éveille en elle ? De toutes ses forces,
Lelia résiste et, entre l'artiste et son modèle,
les relations deviennent tumultueuses. A l'évidence,
cet être mi-ange mi-démon, aussi imprévisible
que charmeur et inquiétant, ne se laissera pas
facilement apprivoiser.

Série Désir

Ce mois-ci

Achevé d'imprimer sur les presses de l'Imprimerie Bussière
à Saint-Amand-Montrond (Cher)
le 10 février 1986. ISBN : 2-277-85160-4. ISSN : 0760-3606
N° 3384. Dépôt légal : février 1986. Imprimé en France

Collections Duo
27, rue Cassette   75006 Paris
diffusion France et étranger : Flammarion